Ömür İklim Demir
Das Buch der entbehrlichen Gedanken

ÖMÜR İKLİM DEMİR

Das Buch der entbehrlichen Gedanken

ERZÄHLUNGEN

AUS DEM TÜRKISCHEN VON
GABRIELA SENTI
UND
MATHIAS MÜLLER SENTI

binooki

Das Buch der entbehrlichen Gedanken
Aus dem Türkischen von Gabriela Senti und Mathias Müller Senti
Die Originalausgabe erschien 2015 unter dem Titel
Muhtelif Evhamlar Kitabı

© Ömür İklim Demir
© Yapi Kredi Kültür Sanat Yayıncılık Ticaret ve Sanayi AŞ, 2015

Deutsche Erstausgabe
© 2018 binooki GmbH & Co.KG, Berlin
www.binooki.com

1. Auflage 2018

Lektorat: Ulrike Gramann
Korrektorat: Elisabeth Göske
Satz: Marc Berger
Illustration Umschlag: Nicolas Monin-Baroille
Umschlaggestaltung: Kai Wels
Druck: CPI books GmbH, Leck
Printed in Germany

ISBN 978-3-943562-63-7

INHALTSVERZEICHNIS

HINWEIS DES VERLAGES

Keine Angst, Türkisch lernen müssen Sie für die Lektüre dieses Buches nicht. Aber einige Personen, Worte und Begrifflichkeiten zu kennen, kann helfen:

Kenan Pascha: *Ahmet Kenan Evren, führte am 12. September 1980 einen Militärputsch an, durch den er an die Macht gelangte*

Halay: *traditioneller Reihentanz*

Savaş: *türkisch »Krieg«, häufiger männlicher Vorname*

Tevfik Neyzen (1879-1953): *ein türkischer Dichter, Satiriker und Ney-Spieler.*

DAS PRODUKT AUS INNEN UND AUSSEN

Und nun verwandelte sich alles
Von einem braunen Mittwoch
In einen gelben Samstag.
EDIP CANSEVER

Ihre Hände werden so sorgfältig gepflegt sein, dass sie Meldas Seelenschmerz überstrahlen. Nachdem sie die Tür hinter sich geschlossen haben wird, wird sie ihre Einkaufstaschen auf den Boden stellen. Der Saum ihres Schals wird dabei staubig werden. Sie wird den Brief aus dem Briefkasten nehmen. In dem Moment, in dem sie den Namen auf dem Umschlag liest, wird sie zu weinen beginnen. Sie wird weder das Auge, das im Spion der Tür gegenüber auftaucht, bemerken, noch den mitten im Treppenhaus wie versteinert stehenbleibenden Hausmeister. Im kühlen Halbdunkel werden alle warten, bis sich Meldas Schluchzen zwischen den Wasserzählern verliert. Aber es ist noch nicht so weit. Die Zeit ist noch nicht gekommen.

Murat Beys verblichenes Foto sah mit einem zehn Jahre alten Lächeln auf die grauen Gebäude hinter der dreiteiligen Polstergarnitur. Seine Augen waren ein wenig zugekniffen. Als Murat Bey noch gesund war, hatte er immer mit diesem Ausdruck hinausgeschaut. Damals hatte es draußen Bäume gegeben. Mit dem Teeglas in der Hand stellte er sich vor das Fenster und zeigte auf die Hügel in der Ferne. »Wie schön diese Tannen doch sind, Melda«, sagte er. »Bevor ich dich geheiratet habe, war es hier noch nicht so schön.«

Und auch nach dir ist es nicht mehr so schön, dachte Melda und betrachtete versunken das Bild an der Wand. Eine monatliche Rente, das war, was von ihrem Mann geblieben war. Sie öffnete die Schublade unter dem Fernseher und legte die Geldscheine unter die gefalteten Spitzendecken.

»Darauf sieht man keinen Schmutz«, hatte der Stoffhändler über diese Spitzen gesagt, und wer weiß, was man noch alles nicht sah.

Melda schloss die Schublade und stellte den Fernseher an.

»Metin, der Star der Schwarzen Adler von Beşiktaş, die auf ihren Flügeln zur Meisterschaft fliegen, glänzt auf dem Titelblatt von *Tan*. Die Lebensgeschichte Des Blonden Sturms, der für die Tore von Beşiktaş verantwortlich zeichnet, diesen Sonntag in *Tan*!«, hieß es im Fernsehen. Melda musste an die nach Ruß riechenden Köfte denken, die sie mit Murat beim Anstehen vor dem Stadion gegessen hatte. An jenem Tag hatte ein leichter Wind vom Dolmabahçe-Palast in die Richtung Inönü geweht, und sie hatten alle beide schwarz-weiße Schals getragen. Als Der Blonde Sturm im Fernsehen verkündete: »Ich habe *Tan* meine Kindheit, meine Jugend, mein ganzes Leben erzählt«, schaltete sie um.

Zapp.

»Manchmal sagen sie mir: Büdü, denk dir eine Zahl aus. Dann nehme ich immer diese Zahl. Die Sechs ist meine Lieblingszahl!«

Was war wohl Murats Lieblingszahl gewesen? Die Zweiundzwanzig?

Zapp.

Ach, ließen sich Gedanken doch auch so einfach weiterschalten.

Zapp.

Oder sogar vergessen.

Zapp.

Auf einem der Kanäle sangen sie neue Schlager, die keine Erinnerungen an Murat mit sich brachten. Als Nazan Öncel auf dem Bildschirm erschien, stellte sie lauter. Neues war gut, es musste einfach gut sein.

Seit Tagen läutet keiner an der Tür,
Durch meine Brust dringt, dass du fort bist, in mich rein.
Ich hab noch Tee für eine Kanne, und auch der Tabak geht mir
langsam aus.

Den Text des Liedes in den Ohren, ging sie in die Küche, um den vom Frühstück übriggebliebenen Tee aufzuwärmen. Sie zündete die Parlament zwischen ihren Lippen an der Herdflamme an und setzte sich an den Tisch, auf dem zusammengefaltete Zeitungen lagen, Salzstreuer standen, in denen das Salz feucht geworden war, und verstaubte Konfitüregläser. Sie schob den Messingaschenbecher mit der schwarz angelaufenen Innenfläche zur Seite, und ihr Blick fiel auf die Zeitung: »Liebe Sternzeichen Fische, heute können Sie sich dafür entscheiden, Altes wegzuwerfen und Neues zu erleben. Heute kann ein wunderbarer Tag für einen Neuanfang sein. Vielleicht eine neue Frisur oder auch ein neue Liebe? Die Entscheidung liegt bei Ihnen. Hören Sie auf, Trübsal zu blasen. Heben Sie Ihre Moral und sehen Sie die Ereignisse aus einem anderen Blickwinkel.«

Ach ja, die Moral, sagte sie zu sich. Sie stellte sich einen ganz neuen Tag vor, einen Tag, der keinen Vorgänger hatte; eine allererste Sonne, einen allerersten Schatten, ein allererstes Leben.

Die Nächte sind dunkle Züge, die Nächte.
Sie bürden Dich mir auf, die Nächte.
Ich habe ein Bild von dir, es schaut mich nicht an.

Es bedrückte sie, wie das Lied weiterging: Man stirbt nicht mit den Sterbenden, sagte sie und dachte dabei an gewisse Frauen, die in einer Tür stehend, im Schatten der Bäume, am Strand oder während sie abends auf dem Balkon Okey spielen und Tee trinken, immer wieder flüsternd wiederholen: »Kaum hat eine Witwe ihren Ehemann begraben, schaut sie sich schon wieder nach einem anderen um.« Ach die, sie reden ohne Verstand, sogar ohne jedes Gefühl. Was wissen die schon, lesen sie denn die Zeitung nicht? Schaut euch das an: Liebe Sternzeichen Fische, steht da in der Zeitung, heute ist ein wunderbarer Tag, um nicht mit den Sterbenden zu sterben.

Halblaut vor sich hin murmelnd, blätterte sie weiter zur Seite mit den Kontaktanzeigen. Geheimer Liebhaber, 29 Jahre alt, lebt in Balıkesir, sucht eine ernsthafte Beziehung. Er hat blaue Augen. Zweiter Frühling, 63-jährig, sucht einen zweiten Frühling. Weil es wohl nicht mehr so wichtig ist, erwähnt er seine Augenfarbe nicht. Der Fremde ist 42 und sucht niemanden, würde aber gern von jemandem gefunden werden.

Ja und ich, fragte sie sich, suche ich jemanden oder möchte ich gefunden werden? Das Wort »suchen« tat irgendwie weh. »Das Biest hat offenbar einen Kerl gesucht«, sagen unbekannte Lippen, während ihre Besitzerinnen einander in niedrigen, vor Zigarettenrauch stinkenden Zimmern gegenseitig Teller mit trockenen Keksen anbieten. Ach die …

Melda drückte ihre Zigarette aus. Als sie das Wasser in der Teekanne brodeln hörte, stand sie auf. Sie goss den gallebitteren Tee in das fein taillierte Gläschen auf der Küchenablage. »Das ist auch eine meiner schlechten Angewohnheiten«, pflegte Murat zu sagen, »ich trinke diesen Tee stets nur aus taillierten Gläsern.« Abgesehen davon, dass er keinen Humor hatte, Kreuzworträtsel mit dem Kugelschreiber löste, und abgesehen davon, dass er ihr immer im unmöglichsten Moment in den Sinn kam, war Murat ein guter Mann gewesen.

Autsch – sie stellte das Teeglas, an dem sie sich die Finger verbrannt hatte, auf den Tisch. Sie hätte gern in einem nach Keksen und anderem Gebäck duftenden Wohnzimmer gesessen und der Frau gesagt, dass sie dem Kind besser einen schwachen Tee einschenken solle. In ihrer Vorstellung sah sie, wie sich die Kinderhand nach dem lauwarmen Tee ausstreckte. Hier mein kleiner Pascha, sagte sie, trink den Tee ganz vorsichtig. Das Kind wartete still. Es nannte sie nicht Mutter, fragte auch nicht, warum schwacher Tee denn Pascha-Tee genannt wird. Wie hätte sich Melda gefreut, wenn jemand ihr solch komische Fragen gestellt hätte. Sie war seit langer Zeit bereit, das Wort »Mutter« in jedem Tonfall zu hören und dazu alle Arten komischer Fragen. Ihr Kind hätte sie fragen können, was es wollte, es hätte ihr nichts ausgemacht. Sie hätte mit dem Kamm die Haare ihres Sohnes zur Seite gekämmt und ihm dabei erzählt, wie die Paschas auf den Schlachtfeldern in Windeseile ihre Entscheidungen treffen mussten. Und hoch zu Ross, eine Wolke aus Staub aufwirbelnd, wären die Paschas an ihnen vorbeigezogen. Ganz sicher würde es eines Tages so sein.

»Ab diesem Alter ist es schwer«, schnitten sie das Thema in einem Ton, so ärztlich wie möglich, im Treppenhaus an: »Wir kannten eine Nesrin, die starb bei der Geburt, meine Liebe.« Der Ehemann sei anschließend ins Elend geraten, betonten sie.

»Mütterchen …« Melda hatte sich das Wort »Mutter« niemals in einem solchen Ton vorgestellt.

Sie hob das heiße Teeglas mit den Fingerspitzen an und klemmte sich die Zeitung unter den Arm. Aus der Buffetschublade im Wohnzimmer holte sie Papier und Stift. Dabei schenkte sie den ineinanderfließenden Wasserrändern der Gläser keine Beachtung, auch nicht den Gläsern selbst, die Stunden und Jahre im Zimmer warteten, und nicht den Momenten, in denen jemand sie dort stehengelassen hatte. Hinter den Sesseln stand der Esstisch, sie setzte sich dorthin.

Dann zündete sie sich eine Zigarette an.

»Pseudonym«, schrieb sie: Doppelpunkt.

In ihrem Inneren fühlte sie verworrene Hoffnung. Ihr fielen schöne Dinge ein, auch wenn sie sich nicht mit einem konkreten Thema verbanden. So wie sie es sich damals im Gymnasium angewöhnt hatte, ließ sie den Kugelschreiber um den Finger kreisen. Drrr. Drrr. Drrr. Sie umkreiste mit dem Stift wieder und wieder die Punkte des Doppelpunkts, die auf irgendetwas warteten..

«Schwarze Tulpe, Klammer auf, 37, Klammer zu.«

Dann fing sie an, sich zu beschreiben.

»Istanbulerin, 37 Jahre, schwarzes Haar, schwarze Augen, heller Teint, mittelgroß, nicht übergewichtig. Ich war zehn Jahre verheiratet, bis mein Mann vor fünf Jahren starb. Wegen einer Veranlagung meines Mannes bekamen wir keine Kinder.«

Sie hielt an.

Dann übermalte sie den letzten Satz mit dem Stift, bis man ihn nicht mehr lesen konnte.

»In meiner Freizeit lese ich gern Romane, schaue Filme und höre Musik. Ich möchte gerne jemanden kennenlernen, der das, was mir noch vom Leben geblieben ist, ausfüllt.«

Gezeichnet Schwarze Tulpe.

Sie löschte die Zigarette im Teeglas und faltete den Brief. Vielleicht sollte ich ja mit dem Rauchen aufhören. Ach was, dachte sie gleich darauf und zündete sich noch eine an.

Zwei Wochen später schaute Melda auf die Briefumschläge, die ihr ein hochgewachsener Mann am Schalter der Zeitung überreichte. Bei einigen war die Tinte auf dem Umschlag nass geworden und verlaufen, andere hatten geknickte Kanten.

»Sind die alle für mich?«, fragte sie erstaunt.

»Ja, gnädige Frau.«

»Das sind aber viele, oder?«

»Schon, aber andere bekommen manchmal noch mehr.«

»Wirklich«, antwortete sie und lächelte.

Sie steckte die Umschläge in ihre Tasche und verließ unverzüglich den Kundenschalter. Sie lief den Abhang von Cağaloğlu hinunter. Ihre Absätze klapperten auf dem Kopfsteinpflaster. Melda fühlte sich wie ein ungelesenes Gedicht.

Vor einem Maiskolbenverkäufer blieb sie stehen. Mit Murat war Melda an anderen, längst vergangenen Septembertagen, an anderen Orten, vor anderen Maiskolbenverkäufern Hunderte Male stehen geblieben. Auf hundert verschiedene Arten hatten sie gelacht, Hunderte Male Wechselgeld entgegengenommen und Tausende, Zehntausende Maiskörner gegessen.

»Das ist feinster Zuckermais, darf ich ihnen einen Maiskolben geben, Madame?«, fragte der Maisverkäufer.

Melda hörte gar nicht hin.

Plötzlich zuckte sie zusammen und sprang davon wie eine Feder, als wollte sie eine letzte Fähre erwischen.

Zuhause angekommen, schmiss sie den Haufen Briefe auf den Esstisch. Dutzende namenloser Hoffnungen warteten da auf sie auf dem nach Aleppo-Art bestickten Seidentischtuch, um ihr zu sagen: Lass uns doch eines Tages ganz unvermittelt in einem Teehaus, in einer Bäckerei oder am Strand die Sache beim Namen nennen. Dabei handelt es sich ja wohl nicht um eine Sache, dachte sie, und eigentlich sollte man ihr auch keinen Namen geben. Sie schaute hinüber zu Murats Foto. Murat auf dem Foto aber blickte in die Ferne.

Sie öffnete einen der Briefumschläge, das Passfoto eines 70-jährigen Mannes fiel heraus. Sie nahm es und steckte es wieder in den Umschlag. Ohne den Brief zu lesen, warf sie ihn in die kristallene Obstschale in der Mitte des Tisches.

Im nächsten Brief las sie bis zu dem Satz: »Sei das Licht meines Lebens.« Sie schaffte es nicht weiterzulesen. Murat hatte immer »Du bist das Licht meines Lebens«, gesagt. »Bis ich dich getroffen habe, habe ich mir nie Sorgen über mein Leben gemacht, aber jetzt denke ich darüber nach. Ich habe Angst davor, vor dir zu sterben und dich alleinzulassen.« Und genauso wie er es befürchtet hatte, war es dann auch gekommen. Murat war mit fünfundfünfzig Jahren an Bauchspeicheldrüsenkrebs gestorben. Als er ging, nahm er auch seine Liebe mit. Zurück ließ er eine kleine Rente und eine Wohnung, kalt wie Eis.

Melda schüttelte das Päckchen Parlament Night Blue, das auf dem Tisch lag. Eine einzige Zigarette war noch darin. Sie zündete diese letzte Zigarette an, zerdrückte das Päckchen und den Brief in ihrer Hand und knüllte alles in die Fruchtschale.

Sie verlor sich in Briefen, geschrieben von Männern mit ernsthaften Absichten, ja, mit sehr ernsthaften Absichten, mit Lebenserfahrung, geschrieben von Liebenswürdigen, Aufrechten, Haus-Auto-Rente-Besitzenden, Alkohol-Nikotin-oder-Glückspiel-Abstinenten, Mittelgroßen, Schwarzhaarigen, von Männern voller Liebe und Wohlwollen, aber auch Männern voller Einsamkeit, dann erneut von einem Mann mit ernsthaften Absichten. Sie erhob sich für einen Moment und schaute nach draußen. Über Gebäuden in der Ferne brach die blauschwarze Nacht herein. Sie zog die Vorhänge zu und zündete das Licht an.

Sie leerte den Haufen Zigarettenkippen vom Aschenbecher in den Plastiksack, der am Türgriff der Küchentür hing. Dann setzte sie sich wieder an den Wohnzimmertisch und betrachtete die restlichen Briefe: eins, zwei, drei, vier, fünf, sechs. Einen davon nahm sie und begann ohne große Erwartungen zu lesen.

»Guten Tag, Schwarze Tulpe,

ich heiße Ihsan und bin 42 Jahre alt, lebe in Zonguldak. Ich besitze einen kleinen Buchladen. Vor einiger Zeit gab ich in der Zeitung eine Anzeige auf: Ich suche niemanden, ich möchte, dass jemand mich findet. Später merkte ich, dass das ein großer Fehler war. Denn dass irgendwer den Ort erreichen würde, an dem ich verloren gegangen bin, ist unwahrscheinlich«, begann der Brief. »Für sich sollte einer doch selbst die Initiative ergreifen, oder nicht? Man sollte nicht einfach darauf warten, gefunden zu werden. Fragt man die anderen, bin ich ein studierter, intelligenter Mann, aber ich kann Ihnen versichern: Auch ich kann den Lauf der Zeit nicht enträtseln. Schaue ich zum Beispiel das letzte Foto meines Vaters an, eines Manns Mitte dreißig – in seiner Lebensgeschichte kam nichts nachher. Was immer er tut, auf dem Foto bleibt er sieben Jahre jünger als ich jetzt bin. Im Lauf der Zeit wird er immer jünger, verglichen mit mir, aber seine Hände und Füße schrumpfen nicht. Und wie ich die Sache auch drehe und wende: Der Mann auf der Fotografie erscheint mir stets älter, als ich es bin. Es ist genau, wie ich es soeben beschrieben habe. Meine Zeitwahrnehmung ist durcheinander. Kurz, das Leben wartet nicht, aber es ist auch nicht fürs Warten da.« Er fuhr fort: »Und bis wir das verstanden haben, ist das Leben an uns vorbeigegangen.«

In der Mitte des Briefes hieß es: »Als ich Ihre Anzeige gelesen hatte, war ich plötzlich von solchen Gedanken erfüllt. Sie sagten, Sie möchten jemanden kennenlernen, der das füllt, was von Ihrem Leben noch übrig ist. Wie schön Sie das gesagt haben! Ich versuche seit Jahren, die Hälfte des Lebens, die mir noch bleibt, allein zu füllen. Es gelingt mir nicht. Ich sage Ihnen: Das ist nichts, womit man allein fertig wird.«

Und:

»Ich möchte von Ihnen jetzt noch kein Foto sehen, sondern ich möchte Ihr Herz sehen. Darum habe ich dem Brief auch kein Foto von mir beigelegt. Wenn es sich herausstellen sollte, dass Sie mein Herz lieben, können wir uns selbstverständlich auch von Angesicht zu Angesicht sehen«, so ging der Brief zu Ende.

Melda warf die anderen fünf Briefe, ohne sie zu lesen, in die Kristallschale. Eigentlich war die Sechs schon immer meine Lieblingszahl, sagte sie zu sich selbst.

Drei Monate später war Melda fröhlicher als sonst, fröhlicher als je zuvor. Durch die Küche tönte ein populärer Schlager von Umay Umay:

Einmal ist nicht genug, liebe mich zweimal!
Drei Ecken sind nicht genug, zerteile mich in Vierecke!

Melda schwenkte das Kaffeekännchen auf dem Feuer zum Rhythmus der Musik, »Einmal ist nicht genug«, und sang den Schlager mit, der aus dem Radio auf dem Kühlschrank tönte: »Liebe mich zweimal!«

Das Kupferkännchen wurde langsam heiß. Mal leuchteten die Flammen auf dem Herd blau, dann wieder rot. Auf dem Kaffee bildete sich ein Schaumkrönchen, noch eins, noch eins. Immer wieder stiegen Bläschen dicht an dicht vom Boden des Kännchens hoch und wallten auf. Melda wippte mit den Zehen in den Schlappen. Sie dachte an Ihsans letzten Brief. Sie hatte ihn noch nicht geöffnet, er lag auf dem Esstisch. Puh, bin ich aufgeregt, dachte sie, aber erst mach ich mir Kaffee, und danach genieße ich den Brief in aller Ruhe. Er läuft mir nicht davon.

Sie schenkte sich ihren Kaffee ein, bewegte den Kopf im Rhythmus der Musik und nahm einen Schluck. Genau richtig. Als sie durch den Korridor ging, begegnete sie sich selber. Vor dem Spiegel stellte sie die Tasse auf die Ablage aus Marmor und glättete ihr Haar. Wie die meisten Menschen, die sich an die Einsamkeit gewöhnt und sie vergessen haben, sprach sie mit sich selbst: Jetzt bin ich bereit. Also los.

Sie nahm den Brief vom Tisch und setzte sich neben das Fenster auf die dreiteilige Sofagarnitur. Sie stellte ihren Kaffee auf das kleine Marmortischchen und begann zu lesen:

»Liebe Melda!«

Nach dem dritten Brief hatten sie beschlossen, die formellen Anreden wegzulassen.

»Was Sie mir von Ihrem verstorbenen Gatten erzählt haben, zeugt von großem Feingefühl. Es ist sehr lange her, dass ich so in die Tiefe des Lebens eingetaucht bin. Wie kann ich Ihnen dafür danken? Wie Sie wissen, existieren die Verstorbenen durch ihre Abwesenheit, sie leben in Erinnerungen. Seien Sie ganz Sie selbst, bringen Sie Murat nicht noch einmal um. Kein Gewissen kann eine solche Last tragen.

In meinen früheren Briefen habe ich immer von schönen Dingen gesprochen. Aber wenn ich Sie wirklich eines Tages an meiner Seite sehen möchte, muss ich Ihnen auch von meinen verborgenen, dunklen Seiten erzählen. Denn etwas weiß ich: Wenn Sie mich nicht dorthin begleiten, werden wir nie ganz und gar zusammenkommen.«

Melda nahm einen Schluck Kaffee, ohne die Augen vom Brief abzuwenden.

»Um zur Sache zu kommen, zu Beginn der Siebzigerjahre war ich Student an der Universität. Damals war ich politisch engagiert, so wie alle. Ich schrieb: ›Nieder mit dem Faschismus‹, an einsame Wände, hängte nachts Plakate in Beyazıt auf und verteilte tagsüber in der Kantine der naturwissenschaftlichen Fakultät Flugblätter, von denen meine Hände nach Spiritus rochen. Jetzt denken Sie nicht gleich, dass ich einer dieser alten Linken bin. Ich bin kein alter rückständiger, sondern ein in die Jahre gekommener Linker.

Ich wurde nie müde. Ja, eigentlich wurden wir alle nie müde. Wir standen an der Vervielfältigungsmaschine und machten die Nacht durch, tranken Tee, rauchten Zigaretten, lasen haufenweise Bücher. Und dann tranken wir wieder Tee, rauchten Zigaretten und diskutierten ohne Ende. Wir haben auch gestritten. Rede ich heute von meinen Freunden aus dieser Zeit wie von einer körperlosen, undeutlichen Masse, sehen Sie mir das bitte nach. Wir alle hatten wunderbare Namen: Ihsan, Refik, Kemal und Emel.

Und Emel ...

Auf der einen Seite wir, schnauzbärtige, plumpe Männer, auf der anderen Seite Emel in ihrer ganzen Eleganz und Zartheit, Emel, deren Namen wir von unsern immer mit einem ›und‹ trennten. Insgeheim bewunderten wir sie. Wir bekamen nicht genug davon, sie zu beobachten, wie sie sprach, schrie, flüsterte, lachte, Zigaretten rauchte. Wenn sie nachdachte, stützte sie ihr Kinn in die linke Hand, und auch daran konnte ich mich nie sattsehen.«

Melda versuchte, sich an Murat zu erinnern, hatte auch er, wenn nachdachte, seine Hände irgendwohin gelegt?

»Kurz und gut, unsere ersten Jahre an der Universität gingen so dahin. Zu Beginn des dritten Jahres waren Emel und ich mehr als Freunde geworden. Damals lernte Kemal auch Mine kennen. Alles begann schleichend, nicht an einem bestimmten Tag, nicht mit einen bestimmten Satz, es ergab sich von selbst, allmählich, aus sich selbst. Die Angewohnheit, wichtige Ereignisse in unserem Leben im Kalender zu vermerken, kannten wir damals nicht. Wir kannten das Datum des ersten Todesfalls. Aber als es mehr Todesfälle gab, merkten wir uns ihr Datum nicht mehr.

Das Ende kam, als wir im letzten Jahr des Studiums waren. Es war der 9. April. Der Himmel war leicht bewölkt, über allem schien eine blasse Sonne, von der man sich wie bedrückt fühlte. Sie erschossen Refik auf einer Seitenstraße, er war auf dem Weg nach Balat zum Haus seiner Mutter. Die Kugel drang von hinten in seinen Kopf und kam vorn aus einem seiner blauen Augen wieder heraus. Das zerrüttete uns tief und warf uns in ein mentales Chaos. Nicht sofort, sondern ganz allmählich.

Von da an begannen wir, mit verbissener Miene ernsthafte Sätze zu sagen, die mit ›in unserem revolutionärem Kampf‹ begannen. Wir waren so jung und so unbedarft, dass wir lange Zeit gar nicht begriffen, dass er gestorben war. Gegen Abend saßen wir vor der Sülemaniye-Moschee im Schatten, aßen unseren Reis mit Kichererbsen und tranken Ayran dazu, wir baten einander um Feuer und reihten alltägliche Redensarten ohne Zusammenhang aneinander. Denn wir glaubten, dass Refik noch immer mit einer Zigarette in der Hand an der Vervielfältigungsmaschine stünde. ›Stell dich nicht so vor mich hin wie ein Soldat‹, hätte Emel ihn geneckt, und wir hätten gelacht. Doch wir irrten uns. Dass er wirklich tot war, verstanden wir erst, als wir seine Hausschuhe zuunterst auf dem Boden der Schuhkiste liegen sahen, weil er sie nie mehr rausholte. Danach, alles …«

Melda atmete tief durch, aus weit entfernter Vergangenheit drangen Gewehrschüsse aus der Nachbarschaft an ihr Ohr. Es war, als höre sie ihren Vater rufen: »Meine Tochter, bleib ja nicht vor der Moschee stehen!« Sie lehnte sich zurück und schlug die Beine übereinander, ehe sie zum Brief zurückkehrte.

»Danach wandelte sich alles von gut zu schlecht. Sieben Tage nach Refiks Tod verschwand Emel von der Bildfläche, als hätte es sie nie gegeben. So etwas kann man gar nicht begreifen. Dabei hatten wir doch noch an diesem Morgen in Çınaraltı zusammen Tee getrunken. Wir hatten uns sogar noch verabredet: ›Lasst uns nach Unterrichtsschluss in der Kantine der Rechtsfakultät zusammenkommen.‹

Ich habe es am nächsten Tag von meinen Freunden erfahren. Emel war an jenem Tag nicht in die Vorlesung gekommen. Ich weiß nicht, was geschah, nachdem wir uns verabschiedet hatten.

Niemand weiß es. Auch am Abend kam sie nicht nach Hause. Kemal, Mine und ich suchten sie tagelang. In den Polizeistationen, in den Spitälern, in den Leichenhallen, an den Straßenrändern, in den Studentenhäusern, überall haben wir sie gesucht. Sie war nirgends. Mines Vater war Anwalt, sogar ihn schalteten wir ein, aber auch das nützte nichts. Was soll ich noch sagen? Es ist einfach, Abwesenheit zu fühlen, doch schwer, davon zu sprechen. Tatsache ist: Einmal gab es sie, jetzt gibt es sie nicht mehr, alles andere ist Geschwätz.«

Melda schaute auf Murats Foto an der Wand. Der Kaffee in der Tasse war kalt geworden, sie trank den kalten Kaffee mitsamt Kaffeesatz, und zusammen mit dem kalten Kaffeesatz trank sie alle Schicksale, Weissagungen, alle Wege in die Zukunft, in einem Zug trank sie alles aus, alles zugleich.

»Emels Verschwinden war so schwer zu verkraften, dass aus allem, woran ich im Leben geglaubt, aus allem, was mir je Freude bereitet hatte, mit einem Mal Zeitverschwendung wurde.

Ich begann mit einer unkontrollierbaren Wut im Bauch zu herumzuwanken. An einem sonnigen 1. Mai bahnte sich diese Wut ihren Weg in Gestalt eines halben Pflastersteins, der auf einen Polizisten niederging, der mich grade zusammenknüppelte. Es war Tag fünf nach Emels Verschwinden. Man kann sagen, dass es eine ziemliche Schlägerei war. Ich ließ sie blutige Zähne spucken, sie schlugen mich, bis ich Blut pisste. Am Ende gewannen sie die Oberhand. Stiefel, Gummiknüppel, Fußtritte, Faustschläge und sonst noch was, hagelten auf mich ein. Dann wurde es dunkel.

Als ich aufwachte, fand ich mich splitternackt in einer Zelle wieder. Ich schrie, ich fluchte, doch niemand kam. Außer dem Piepsen der Mäuse war nichts zu hören. Ich weiß nicht, wie lange ich dort war. Das Einzige, was ich wusste, war: Ich hatte Durst.

Am Fuß der Türe stand eine Schale mit einem Stück trockenem Brot. ›Die Mäuse fressen dir im Schlaf die Ohren ab, ohne dass du es merkst‹, pflegte meine Großmutter zu sagen. Der Satz machte mir Angst, deshalb brach ich ein bisschen Brot ab und warf es den Mäusen zu. Ich hörte, wie sie sich draufstürzten und daran knabberten.

Sie kamen von hinten. Sie trugen Lackschuhe. Sie stopften mir einen Lappen in den Mund, ehe sie ihn mir zuklebten. Über meinen Kopf stülpten sie einen schimmligen Sack. Ich hörte ihren Atem rechts und links von mir. Sie rochen nach Schweiß und Tabak. Mein Speichel sammelte sich in meinem Mund und floss mir den Rachen herab, aber ich war so durstig, dass mir das gefiel. Sie schütteten kübelweise kaltes Wasser über meinen Kopf. Das wiederholten sie über lange Zeit. Ich zitterte und schlotterte. Ich hörte, wie das Wasser von meinem Körper auf den Boden heruntertropfte ... tropf, tropf, tropf ... und war vor Durst wie ausgedörrt.

Stunden später, es mochte Mittag sein oder Morgen, nahmen sie mir den Sack vom Kopf und zogen mir den Lappen aus dem Mund. Sie warfen mich vor einem Feuerlöscheimer auf die Knie.

›Du hast sicher Durst, Moskauer Hurensohn?‹, sagte der Polizist mit den grauen Haaren. Der junge ohrfeigte mich. ›Mein Vorgesetzter hat etwas gefragt!‹, schrie er, ›gib Antwort! Wenn es dir in den Kram passt, weißt du doch auch, wie man Parolen schreit!‹

Ich schaute dem Älteren ins Gesicht, unter seinen Augen hatte er tiefe Tränensäcke. Er blies den Zigarettenrauch aus, als hätte er für alle Probleme der Welt neue Namen. ›Leute wie ihr denken viel nach, nicht wahr?‹, fragte er. ›Ihr schaut die Berge an, ihr schaut die Steine an, und dann malt und schreibt ihr: Oh du meine Heimat, oh du mein Proletarier.‹

Der Junge sagte: ›Weißt du überhaupt, wie man in diesen Bergen lebt, du Hund?‹, und gab mir einen herzhaften Fußtritt in den Magen. Mein Atem stockte, ich krümmte mich und knickte ein.

Der Alte schnippte die Asche seiner Zigarette in den Kübel. ›Und jetzt denk darüber nach, warum auf diesem Eimer F steht‹, sagte er. Er hatte eine dermaßen beruhigende, angenehme Stimme, dass ich in diesem Moment verstand, dass es zwischen dem Blödsinn, den man Glück nennt, und der Freundlichkeit eines Menschen keinerlei Zusammenhang gibt.

›Hey Junge, das ist ein Feuerlöscheimer. Wenn wir dir jetzt sagen würden, dass wir den erstbesten genommen und hierhergebracht haben, würdest du sogar hinter dieser Aussage noch etwas anderes vermuten‹, fuhr er fort. Er war so ruhig, als ob er an einem sonnigen Frühlingsmorgen seinem Enkelkind die Namen der Blumen im Garten beibrächte.

Er kam nahe zu mir heran, beugte sich nach vorn – sein Atem roch nach Tabak – und sagte mit leiser Stimme: ›Verschwörungstheorien, die liebt ihr doch. Da ist ein F, dieses F...‹, und paff! Er versetzte mir einen Faustschlag genau unter das Kinn, meine Zähne schlugen aufeinander. ›Fresse. In die Fresse kriegst du, das hat dieses F zu bedeuten! Hast du kapiert? Hast du gehört?‹, schrie er. ›Wie kann man einen Polizisten so schlagen, du Arschloch?‹ Angst stieg in mir auf, im Mund spürte ich den Geschmack von Rost. Wütend drückte er meinen Kopf in den Eimer und der andere mir das Knie in den Rücken. Ich schrie, dass das Wasser schäumte, atmete das Gemisch aus Wasser und Blut, zappelte wie ein Fisch an Land. Sie packten mich an den Haaren, hoben meinen Kopf aus dem Wasserkübel, und in dem Moment, als ich Luft holte, drückten sie mich wieder nach unten. Und dies taten sie hemmungslos wieder und wieder und wieder. Auf dem Boden dieses Kübels habe ich ein paar Teile meiner Seele verloren.«

Melda hatte, ohne es zu merken, ihre Hand nach der gläsernen Zigarettendose auf dem Couchtisch ausgestreckt und sie wieder zurückgezogen. Sie las weiter.

»Einen oder auch zwei Tage später holten sie mich und setzten mich vor eine Lampe. Als sie mich fragten: ›Warum hast du zugeschlagen? Von welcher Organisation bist du? Wo ist euer Lokal? Wo trefft Ihr euch?‹, schrie ich: ›Ich bin in keiner Organisation! Wo ist Emel? Emel!‹ Weiter sagte ich nichts. Wenn ich schrie, schlugen sie zu, schlugen sie zu, schrie ich.

Als ich einen Faustschlag auf mein linkes Ohr bekam, stieg eine unsagbare Erleichterung in mir hoch. Alle Geräusche waren plötzlich weit weg. ›Du wirst jetzt gleich hier verrecken, du Hund!‹, schnaubte der Junge. Die Kneifzange in seiner Hand schwenkte er vor meinem Gesicht hin und her. Er bückte sich nach vorne. Als er sich daranmachte, meinen großen Zehnagel herauszureißen, begann es vor meinen Augen dunkel zu werden. In dem Moment, als ich vom Stuhl fiel, hatte ich mich damit abgefunden zu sterben. Ich wusste, dass sie hinterher sagen würden: ›Da wurde eine Scheibe Brot abgeschnitten.‹ So nannten wir das, wenn jemand während eines Verhörs verlorenging. Einige Male verkrampfte sich mein Magen noch. Ich fing zu lachen an. In meinem Mund breitete sich der Geschmack von Galle aus. Ja, vielleicht ist es ja so, sagte ich zu mir selber, vielleicht ist auch Emel gestorben. Ich glaube, dass ich mir erst in dieser Nacht wirklich klargemacht habe, dass Emel gestorben sein könnte.

Am nächsten Tag kam Metin, Mines Vater. Er sprach mit den Polizisten und gestikulierte dabei mit den Armen. Ich starrte eine

Ewigkeit auf den blauen Locher auf dem Tisch. Sie drückten mir einen Stift in die Hand. Ich unterschrieb ein paar Dokumente, wurde vor einen Staatsanwalt gestellt, kam vor Gericht. Wie es genau geschah, habe ich bis heute nicht verstanden, auf jeden Fall wurde ich irgendwie aus der Hölle gerettet.

Gerettet war ich zwar, konnte jedoch nicht verhindern, dass alles Übrige durcheinanderkam. Emel war nirgendwo. Auch in der Fakultät hatten sie mich auf dem Kieker. Die Polizei hatte ständig ein Auge auf mich. Schon bald danach, nur zwei Wochen später, exmatrikulierten sie mich mit der Begründung, ich hätte den Unterricht verpasst. Was Kemal anbelangte, er war noch mit Mine zusammen. Und so ging meine Zeit an der Universität zu Ende.

Zum Ende des Sommers hin begann ich in Cankurtaran bei einem kleinen Verlag zu arbeiten, als Setzer. Es war eine Wochenzeitung, ruhige Arbeit. Ich las die Artikel, die hereinkamen, reihte die Buchstaben aus Blei auf und trank reichlich Tee, draußen vor der Tür. Als sechs Monate später mein Interesse für Literatur und Politik herauskam, begann ich in der gleichen Zeitschrift Kolumnen zu schreiben und vielleicht alle vier Wochen einmal ein Gedicht. Aus dieser Zeit ist mir gar nichts mehr in Erinnerung außer ein paar Versen:

Unter einer verlogenen Sonne erstarrten wir innerlich vor Kälte.
Dieser Mai ist kein Frühling, mein Kind,
Diesen Mai wird es nicht Frühling.

Als einer der Journalisten aufhörte, übernahm ich den freigewordenen Posten. An meiner Stelle stellten sie einen anderen Setzer ein. Ich beschaffte die Nachrichten aus dem Gericht von Sultanahmet. Wir rauchten Zigaretten mit den Gerichtsberichterstattern und unterhielten uns darüber, wie erbarmungslos das Leben war. Wir diskutierten, was schlimmer sei, einen, der die eigene Tochter vergewaltigt hat, zu fragen: ›Bereust du?‹, oder seine Antwort: ›Nein.‹ Danach schwiegen wir lange, wir schwiegen aus Niedergeschlagenheit, aus Wut, vor Trauer, wir schwiegen, weil wir unsere Gewissensbisse nicht annehmen konnten, vor Scham, Gleichgültigkeit, aus Gewohnheit und weil alles zusammen uns krank machte. Wir lauschten auf Schritte, die im Korridor hallten.

Und ich, inmitten dieses seltsamen Schweigens, verlor mich immer mehr. Ich verwandelte mich in einen anderen Ihsan, der weit weg von Emel, von Refik, von all den dunklen Nächten lebte. In diesem Ihsan lebte ich vier Jahre. Und so lernte ich, dass der Zustand der Flucht legitim sein kann und ein Zustand, in dem man gar nichts mehr denkt, komplex.«

Melda lehnte sich nach hinten. Aus dem Inneren einer anderen Melda, einer, die an Wahrsagerei glaubte, schaute sie auf den Grund der Tasse in ihrer Hand. Dort sah sie verwirrte Wege, übereinander gehäufte Menschen, Bäume die von ihren Wurzeln getrennt waren. Nur sie selbst war dort nicht. Sie überlegte, seit wie vielen Jahren, was sie als sich selbst ansah, verschwunden war, und fand keine Antwort. Wo, welcher Hoffnung nachjagend, war sie verloren gegangen?

Sie stellte die Tasse auf den Couchtisch und begann die nächste Seite des Briefes zu lesen.

»Gegen Ende des vierten Jahres lernte ich Figen kennen. Schon bald heirateten wir. Figen studierte Pharmazie im letzten Jahr. Ihre Haare waren so kurz wie die Emels, sie war fröhlich, gesprächig und hatte grüne Augen, die, gleich welche Farbe sie trug, grün blieben.

Der Anfang unserer Ehe war wunderbar. Wir waren so glücklich wie die Familien in der Werbung. Wir lachten beim Frühstück und stritten sonntags um die Zeitung. Aber mit der Zeit verwandelte sich alles an Figen in etwas, was an Emel erinnerte. Figens Hände, ihr Lachen, ja sogar ihre Augen veränderten sich. Eines Abends waren wir ziemlich betrunken, und ich redete Figen mit Emel an. In diesem Augenblick legte sich eine Stille über uns, die sich bis in die Unendlichkeit reichte. Figen hatte die Arme um meinen Hals gelegt und öffnete sie jetzt langsam. Sie wollte wissen, wer Emel sei. Ich erzählte stundenlang. ›Ja und wenn sie eines Tages zurückkommt?‹ ›Sie kommt nicht zurück‹, sagte ich. Irgendwie gelang es mir nicht, zu sagen: ›Und käme sie auch, was machte es für einen Unterschied?‹

Nach diesem Ereignis war bei uns nichts mehr wie früher. Jede Nacht wartete Figen auf etwas. Sie rauchte Tausende Zigaretten. Sie war unglücklich und vom Gedanken getrieben, dass Emel jeden Moment zurückkommen könnte und dann alles vorbei wäre. Doch Emel kam nicht. Und als ob es nicht gereicht hätte, dass sie nicht wiederkam, jetzt nahm sie auch noch Figen mit sich fort. Zwei Jahre später ließen wir uns scheiden.

›Herr Richter, wir lassen uns wegen einer anderen Frau scheiden‹, sagte sie vor Gericht, ›mir reicht es, dass ich seit zwei Jahren die Frau bin, die versucht, sich zwischen Emel und Ihsan zu drängen.‹

Mit der Scheidung lösten wir auch den gemeinsamen Haushalt auf, und ich fuhr an einem anderen Ort fort, mit dem Leben zu kämpfen. Morgens ging ich wie gewohnt zeitig zur Arbeit, ich gab mir Mühe, die Wohnung ordentlich zu lüften und drei Mahlzeiten pro Tag zu essen. Einige Wochen später steckte ich alle Lebensmittel, die im Schrank verschimmelt waren, in eine Abfalltüte und schmiss sie in den Müll. Es gelang mir nie wieder, der selbe Ihsan zu sein, der sich ganz seiner Arbeit hingibt.

Um die Sache kurz zu machen, sechs Monate nach der Scheidung verließ ich sowohl die Zeitung als auch Istanbul. Wie jeder Mensch, der alle Hoffnung verloren hat, ging ich in meine Geburtsstadt zurück. Meine Mutter öffnete die Tür, ich ging in mein Zimmer, ohne ein Wort zu sagen, und verkroch mich unter der Bettdecke.

Drei unglückliche Monate später eröffnete ich mit meinen Ersparnissen einen kleinen Schreibwarenladen. Eine Ecke des Ladens verwandelte ich in eine Buchhandlung. Als mich die Neuigkeit vom Putsch erreichte, war ich gerade dran, Bücher einzuordnen. Ich sortierte einfach weiter. Als Kenan Pascha seine Rede hielt, räumte ich die Schriftsteller in alphabetischer Ordnung ins Bücherregal. Danach kam nur noch die übliche Routine, von zu Hause zur Arbeit, von der Arbeit nach Hause …«

Melda fragte sich, wo sie sich zum Zeitpunkt des Staatsstreichs befunden hatte: Sie war damals am gleichen Ort gewesen wie heute, nämlich zu Hause in ihrer Wohnung. Sie war 23 Jahre alt gewesen, noch nicht mal ein Jahr verheiratet. Sie hatte am Tisch gesessen und mit Murat Eier getütscht, und ob es nun die Art und Weise war, wie sie das Ei hielt, jedenfalls hatte sie wieder einmal gewonnen. Mitten in ihrem Gelächter hatte es an der Tür geläutet. Sie hatte geöffnet, das Ei noch in der Hand.

»Wer ist da, Schatz?«, hatte Murat aus der Wohnung gerufen.

»Fatma«, hatte sie geantwortet, »gestern Nacht hat offenbar ein Staatsstreich stattgefunden«.

Zu dritt hatten sie in großer Aufregung, voller Angst und Sorge Tee getrunken.

Melda konzentrierte sich wieder auf den Brief.

Am Anfang der letzten Seite schrieb Ihsan: »Bis zum heutigen Tag bin ich Emels Gespenst immer wieder unterlegen, ich möchte nicht nochmals von ihm besiegt werden«, und: »Darum habe ich all das, womit ich kämpfe, mit Ihnen geteilt. Bitte verzeihen Sie mir die Flüche, die ich ab und zu ausgestoßen habe, mit anderen Worten hätte ich die Sache nicht erklären können.« In den folgenden Zeilen fasste er das bereits Gesagte noch mal zusammen: »Jetzt«, begann er, und es war ein »Jetzt«, so gemessen vorgetragen, mit so sicheren Linien gezeichnet, so viele Male durchdacht, dass die Augen von Melda einen Augenblick lang auf dem Wort verharrten: »Jetzt suche ich keine neue Frau mehr, sondern einen neuen Anfang. Und genau darum bitte ich Sie: Lassen Sie uns den Briefwechsel beenden und uns so schnell wie möglich treffen. Falls Sie mich anrufen möchten, Sie finden meine Telefonnummer am Ende des Briefes. Ich würde mich sehr freuen, wenn Sie anrufen; sollten Sie das jedoch nicht tun, so respektiere ich Ihre Entscheidung. Alle Buchstaben, die ich zusammenbastle, können mich nie erklären, das hat schon Tezer Özlü gesagt. Bei mir ist das genauso. Mit Worten kommen wir nur bis zu einem gewissen Punkt. In der Hoffnung auf ein Treffen mit Ihnen.«

Melda lief in die Ecke des Wohnzimmers, nahm das Spitzendeckchen vom Telefon und begann die Nummer aus dem Brief zu wählen. Auf ihrem Gesicht erschien jenes zarte Lächeln, das damals, beim Eiertütschen mit Murat am Esstisch, erstarrt war.

Atemlos trat Melda in die Konditorei. In der Luft lag lauwarmer Zimtgeruch. Hierher war sie zuletzt zusammen mit Murat an einem verschneiten Abend gekommen. An einem Tisch an der Wand hatten sie Profiteroles gegessen. Die Deckenmalerei war noch strahlender gewesen, die Lichter schummriger.

Ihre Augen suchten nach jemandem, der allein am Tisch saß. In einer Ecke las ein Mann mit Brille in der Zeitung. Er war zu alt, um Ihsan zu sein. Ein anderer saß am Fenster, rauchte und schaute hinaus. Ihm haftete, mehr noch als das Alleinsein derjenigen, die auf jemanden warten, die Einsamkeit von Menschen an, die auf niemanden warten. Melda näherte sich mit unsicheren Schritten dem Tisch neben dem Fenster. Als sie die rote Nelke neben dem Aschenbecher sah, wusste sie, dass dieser Mann Ihsan war. Dieser Moment war so schön, dass er sich ihr für immer in eine Ecke ihres Gedächtnisses einprägte.

»Ihsan?«, fragte sie. Ihre Stimme klang wie die einer Mutter, die, nachdem sie das Frühstück zubereitet hat, ihr Kind weckt, weil es in die Schule muss. Die Stimme schwankte zwischen dem Bedauern, das Kind wecken zu müssen, und dem Wunsch, es in die Schule zu schicken, damit einmal etwas aus ihm werden möge.

»Bist Du etwa Melda?«, gab der Mann zurück.

»Ja« sagte Melda und begann, tief aus ihren Augen heraus zu lachen. »Es tut mir so leid, ich habe dich so lange warten lassen. Du glaubst es nicht, aber ich war ganze zwei Stunden in einem Aufzug eingeschlossen«, fuhr sie fort. Plötzlich stockte sie: »Ich duze dich, aber ...«

»Klar, ›du‹ ist okay!«

Melda zog einen Stuhl heran und setzte sich. »Ja, ›du‹ ist okay«, wiederholte sie. Sie legte ihre Tasche auf einen anderen Stuhl, zog ihren Schal aus und sagte: »Was habe ich gerade gesagt?«. »Ah, ja, genau, ausgerechnet in dem Moment, in dem ich herunterfuhr, gab es einen Stromausfall!« Sie sprach mit erregter Stimme: »Mit Mühe und Not haben sie mich gegen Abend herausgeholt. Eigentlich ist das nicht meine Art, jemanden so warten zu lassen.«

»Kein Problem«, sagte Ihsan, »ich habe die Vorübergehenden beobachtet.« Mit der Zigarette in seiner Hand zeigte er nach draußen. »Sie hören ja nie auf vorüberzugehen.«

Wenn man von Menschen spricht, sollte man mindestens über ihre Augen sprechen, dachte sie bei sich, während sie an den Fingern ihrer Handschuhe herumzupfte. Ihsan hatte tiefblaue Augen.

»Zigarette?«, fragte Ihsan.

»Nein, danke, ich habe aufgehört. Wenn ich jetzt wieder anfange …«

Ihsan betrachtete den mehrfach abgestuften Schatten, der von Meldas Nase auf ihre Oberlippe, von der Oberlippe auf die Unterlippe, von der Unterlippe auf ihr Kinn fiel.

»Am besten, man fängt gar nicht an.«

»Wie bitte?«

»Ich spreche über Zigaretten. Am besten, man fängt gar nicht an«, wiederholte Melda. Sie wischte sich den Schweiß mit einer der dreieckig gefalteten Papierservietten auf dem Tisch von der Stirn. »Die haben die Heizung wohl ordentlich aufgedreht«, sagte sie und stand auf. »Erlauben Sie, ich gehe kurz zur Toilette. Wenn der Kellner kommt, könnten Sie mir dann bitte ein Profiterol bestellen?«

»Oh, jetzt habe ich schon wieder ›Sie‹ gesagt«, murmelte sie im Weggehen.

Schnell ging sie zur Toilette. Es war sonst niemand dort. Indem sie den Kragen ihres Pullovers schnell hin und her bewegte, versuchte sie, sich Kühlung zuzufächeln. Aus dem Inneren ihres Pullovers spürte sie eine Hitzewelle aufsteigen: Es roch nach Karamell. Sie öffnete den Wasserhahn. Ihre Wangen waren knallrot. Sie machte ihre Hände feucht und legte sie sich auf den Nacken. Gut, dass ich gerannt bin, so merkt man wenigstens nicht, wie aufgeregt ich bin, ging es ihr durch den Kopf. Aber wenn schon, was wäre denn, wenn man es merken würde? Er ist ja genauso aufgeregt wie ich. Er kann sich auch gar nicht so gewählt ausdrücken wie in seinen Briefen.

Als Melda gerade in solchen Gedanken versunken war, wurde die Türe neben ihr plötzlich mit einem ohrenbetäubenden Knall aus den Scharnieren gerissen und traf ihre Schulter. Zuerst prallten ihre Hände, dann ihre Ellbogen gegen die Wand auf der anderen Seite. Irgendwie gelang es ihr, den Kopf zu schützen. In einem Regen aus Fliesenbruchstücken und Splittern stürzte sie zu Boden.

Sie war von dichtem Staub umgeben und hustete sich fast die Lunge aus dem Leib. Sich mit einer Hand an der Wand abstützend, richtete sie sich mit großer Mühe auf. Ihre Ohren dröhnten. Aus dem Getöse drangen Schreie.

Sie kämpfte sich aus der Toilette. Die Hände schützend vor das Gesicht haltend, suchte sie sich einen Weg zwischen den Tischen hindurch. In weißen Staubwolken irrten Schatten umher, die entfernt an Menschen erinnerten.

Eine junge Frau schrie: »Wo ist mein Schuh? Hilfe! Findet meinen Schuh!« Ihre Blicke kreuzten sich mit Meldas. Einige Meter weiter lag der Fuß der Frau, zusammen mit dem Schuh.

Der Alte, der in der Ecke Zeitung las, schaute in den Sportteil, ohne sich zu rühren. Der Kronleuchter aus Kristall war von der Decke gefallen und hatte die Tische neben der verspiegelten Säule umgeworfen. Ein Mann, der unter dem Kronleuchter begraben war, röchelte immer wieder: »Mama.« Seine Beine zitterten und zitterten. »Mamaa, Mamaa!« Er trat langsam weg, seine Stimme wurde immer leiser. »Mamaa …« Melda hatte das Wort nie zuvor in solch einem Ton gehört.

Inmitten von am Boden verstreutem Glas, Nägeln, Tischtüchern,

Fingern, Brillen, Metall, Splittern, Asche, Stühlen, Portemonnaies, Feuerzeugen, Absätzen, Flaschendeckeln, Gläsern, Blumen, Kuchen, Profiteroles, Schuhen, Füßen, Tellern, Keksen, Backsteinen, Putzlappen, Geburtstagskerzen, Fleisch, Knochen, Blut, Colaflaschen und Papier begann sie zu rufen. Ihre Augen brannten.

»Ihsan! Ihsan! Wo bist du! Antworte!«

Zwischen Tischen, die es neben den Eingang der Konditorei hingeschleudert hatte, bewegte sich eine Hand auf und ab.

Ihsan lag ungefähr neun, zehn Meter von ihr entfernt am Boden. Melda begann zu rennen und stieß mit Menschen zusammen. Die Zeit stand still, es war, als versuche sie, einen Punkt zu erreichen, an dem sie nie ankommen würde. Arme, Köpfe, Schultern, Knie, Tische, Stühle, Wände … Alles weit weg von Höflichkeit. Alle und alles waren hart. Zack! Bumm! Alles stößt aneinander, ineinander. Panik. Staub. Tod. Hat sich diese Hand gerade bewegt? Oder war sie schon vorher erhoben? »Ihsan!« Weg! Macht Platz!

Die Vorhänge an den Fenstern wehten draußen im Wind. In diesem Moment sah sie das dunkle Rot, das sich unter der Jacke von Ihsan ausbreitete. Ihre Knie gaben nach. Wie eine Marionette, der man die Fäden abgeschnitten hatte, knickte sie an Ort und Stelle zu Boden. Sie versuchte weiterzukriechen. Splitter bohrten sich in ihre Knie. Als sie Ihsan erreichte, blieb ein Glasstück in ihrer rechten Hand stecken. Durch die zerbrochenen Fensterscheiben wehte ein scharfer Wind.

Melda nahm Ihsans Kopf in ihren Arm und schrie mit aller Kraft: »Ist hier kein Arzt? Hier ist ein Verletzter! Rettung! Ruft den Rettungsdienst!«

»Ich …«, sagte Ihsan und richtete seine Augen an einen weit entfernten Ort.

Melda umklammerte Ihsans blutige Hand und begann zu weinen. Ein letztes Mal flehte sie schluchzend: »Ihsan, Ihsan, geh nicht!«

Draußen fuhren Straßenbahnen vorbei, eine nach der anderen, Wintermäntel gingen vorbei, Menschen gingen vorbei, Vögel flogen vorbei, Katzen gingen vorbei, Fähren fuhren vorbei, die Jahre gingen vorbei, die Leben gingen vorbei. Keiner kehrte zurück.

Und ganz weit oben, über allen Dingen, jenseits von Sein und Nicht-Sein, zog, kaum zu bemerken, ein Gedanke vorbei, ein Gedanke, der zugleich allen und niemandem gehörte.

»Müssen Geschichten denn immer schlecht ausgehen?«

Der diesen Gedanken dachte, blätterte die Seite um.

Und auch die Seite kehrte nicht zurück.

DURCHSCHNITTLICH VIERZIG JAHRE

Ich denke immer daran,
wie viele Male wir gestorben sind, um zu leben.
ONAT KUTLAR

Ich habe eine gute und eine schlechte Nachricht für mich. Die schlechte Nachricht: In meinem Leben wird nichts so gut, wie ich es mir vorgestellt habe. Ich werde noch viele Jahre allein in einer Dreizimmerwohnung leben. Die gute Nachricht: In meinem Leben wird nichts so schlimm, wie ich es mir vorstellen kann. Dies ist mein einziger Trost. Mir geht es weder besonders gut noch besonders schlecht. Ich bin ungefähr so durchschnittlich wie die Mengenangabe auf der Rückseite der Streichholzschachteln: »Durchschnittlich 40 Streichhölzer.«

Ich habe keine Kindheitsgeschichten zu erzählen; weder habe ich unvergessliche Freundschaften erlebt noch herbe Trennungen oder so etwas. Mein Leben ist total beschissen. Bei den Kaffeekränzchen der Freundinnen meiner Mutter haben mir die dicken Tanten nicht in die Wangen gekniffen, um zu sagen, dass dieser Kleine, wenn er mal groß ist, ein hübscher Mann wird, der viele Herzen bricht. Es wäre auch sehr seltsam gewesen, wenn sie das gesagt hätten, denn ich war in etwa so liebenswert wie eine Sozialwohnung auf einem trostlosen Acker. Aber Herzen gebrochen habe ich viele, auch viele Leute enttäuscht, einige davon sogar übel zugerichtet. Meine blonden Haare wurden mit der Zeit nicht schwarz, meine Locken wurden nicht zu glatten Haaren. Wie ich begonnen hatte, machte ich weiter. Weder wuchs ich in einem Haus mit Garten auf noch in einem fröhlichen Quartier. Meine Mutter sang mir keine besonderen Kinderlieder vor, und mein Vater nahm mich nie auf die Seite, um mir mit bedeutungsvollen Worten Dinge zu erklären, die ich vielleicht viel später einmal richtig verstehen würde. Ich dachte nicht an ihn beim Sonnenuntergang. Im Militärdienst habe ich nie eine Tür mit einem Fußtritt geöffnet, um dann in den Raum zu stürmen, ich habe nie im Sessel des Obersten Whiskey getrunken, nie sausten Kugeln über meinen Kopf, ich habe nie jemandem die Ohren abgeschnitten und sie mir um den Hals gehängt. Im Militärdienst habe ich Fliesen geputzt, von Hand den Rasen gemäht, in der Kantine Getränke herumgetragen. Es ist nichts passiert, was man erzählen könnte.

Kurz und gut, ich habe kein Leben gelebt, das zu einem Roman taugt. Ich bin, wie alle anderen, die in einer Bank arbeiten, wo die Dienstleistungen grenzenlos sind, damit beschäftigt, mich zu langweilen. Das war's.

»Schönes Wochenende, Taner!«, sagt der geschwätzige Şefik.

»Ihnen auch, Şefik.«

Manche Wörter und Sätze passen zu niemandem, am wenigsten zum geschwätzigen Şefik. Was auch immer er sagt, klingt aufgesetzt. Zum Beispiel kommentiert er jeden Witz mit: »Ach du meine Güte!«, oder: »Ach du meine Güte, ist das aber schön!« In allem ist noch ein Gut-siehst-du-aus drin oder ein Ich-freue-mich-für-dich. Freu dich nicht für mich, du Arschloch! Denn das ist doch nur eine andere Art, mir zu sagen: Du warst schon immer scheiße, aber heute bist du ein bisschen weniger scheiße. Seine Höflichkeit, seine feige Art, sein Schleimertum. Nur dafür, wie er spricht, könnte ich ihm eine in die Fresse geben, wenn er mir im Dunkeln begegnet.

»Schönen Feierabend! Schönes Wochenende!«, flötet Serap.

»Dir auch, Serap!«

Sie sagt es so freundlich … Der Grund für ihre Fröhlichkeit ist aber nicht, dass das Wochenende gekommen ist. Serap ist immer so. Sieben Tage die Woche, 24 Stunden lächelt sie, gnadenlos. Beim Essen spricht sie ständig, andauernd erzählt sie irgendetwas, es hört nie auf, sie wird nicht einmal langsamer. »Was sagst Du dazu?«, fragt sie, wenn sie zwischendurch Luft holt, ich sage: »Finde ich gut«, oder manchmal: »Wie schön.« Sie erzählt und erzählt von den Jahren, die vor ihr liegen. Sie schwatzt davon, wie sie ferne Städte bereisen wird, von den Städtchen der Ägäis, den Buchten am Mittelmeer. Voller Begeisterung erzählt sie von Straßen, Orten und Leben, durch die ich bereits bis zum Überdruss gegangen bin, als wenn sie in Wirklichkeit ganz anders wären. So ungefähr muss es sein, gar nicht zu leben. Jugend muss so sein. Ich kann ihre Begeisterung nicht verstehen. Ungefähr so muss es sein, altersschwach zu werden. Aber ich kann ihr ja nicht sagen: »Was wird schon sein, wenn du in eine Kleinstadt im Süden gehst? Sonne, Meer, Sand …, und irgendwo dort, irgendwann wirst du sterben. Wie schön, Serap. Genau, Serap. Ja, Serap. Dich kann nichts erschüttern, Serap.«

Sobald ich die Bank verlasse, stopfe ich meine Krawatte in die Tasche und mache mich auf zur Istiklal. Die durch die Straßen strömenden, sich vor den Geschäften sammelnden Menschen verwandeln sich in ein unbeschreibliches Gewimmel. Ich bewege mich vorwärts, werde gestoßen und stoße selber. Ich kenne keinen dieser Menschen, für mich sind sie alle gleich, ich nenne sie alle *Fremde*. Sie entschuldigen sich, manchmal schnauzt einer mich an, ob ich nicht ein bisschen aufpassen kann. Was für eine seltsame Frage. Ich passe ein bisschen auf, auf der einen Seite, und auf der anderen eben auch ein bisschen nicht. Und sie sind jetzt halt zufällig auf die eine Seite geraten: Pardon, Pardon, Pardon. Ich zünde mir eine Zigarette an.

Klick!

Als ich an einer Touristengruppe vorbeigehe, knipst eine Fotokamera. Ein Auge zugekniffen, die Zigarette im Mundwinkel, die Hände in den Hosentaschen, so werde ich verewigt. In Berlin, in Amsterdam, in Brüssel oder irgendeiner Stadt, auf einem Blatt eines glücklichen Albums, posiere ich ohne Krawatte und mit Zigarette. Vielleicht finden sie, dass ich gut aussehe. Oder vielleicht sehen sie mich gar nicht? Was sie auch immer sehen, vor mir steht wie eine Windmühle Tante Hertha, blondes Haar, riesiger Strohhut. Ihretwegen zeigen sie einander das Foto: »Schau, da ist deine Tante Hertha.« Ihre Hände sind mit Altersflecken übersät, die Jahre sind vergangen ... sie sprechen über Herthas Lachen, über ihre rosa, orangeroten Kleider, über die Mode der Zeit (also die von damals), über ihre Haare. Und ich laufe da immer noch, bis in alle Ewigkeit, eingefangen in diesem Augenblick, ohne dass einer mich sieht.

Der Geruch von Zigaretten, Schweiß, Parfüm und Puder schlägt mir ins Gesicht. Ich laufe mitten durch unkultiviertes, dröhnendes Gelächter, das Geräusch geht mir durch Mark und Bein. Ich fühle Tee und Kaffee in meiner Blase herumschwappen. Wäre ich doch pinkeln gegangen, bevor ich die Filiale verließ. Ich laufe schneller. Die Straßenbahn aus alten Zeiten fährt klingelnd an mir vorbei, hinten auf dem Trittbrett und auf der Kupplung hängen Jungs mit Schuhputzausrüstung. Einer von ihnen winkt einer Gruppe älterer japanischer Touristen, sie lachen zurück und fotografieren das Kind.

Ich bleibe etwas vor den Musikkassettenverkäufern stehen und höre ein Stück, das ich nicht kenne. Ich freue mich, weil es Filme gibt, denen ich noch nicht begegnet bin, die ich deshalb auch nicht gesehen habe, weil es Fotografien gibt, die ich noch nicht betrachte, und Lieder, die ich noch nicht hören konnte. Früher war das nicht so. Komme ich jetzt mit den Dingen in Berührung, hüllen sie sich in andere Bedeutungen, die hinter ihrer eigentlichen, ursprünglichen Bedeutung liegen. Die Dinge spalten mich so stark auf, dass ich in die Vergangenheit eintauche, mich in den Zeiten verliere. Vernunft, Verstand, Kopf, Auge, Axon, Neuron, Amboss, Hammer, Steigbügel … Bitte zerstreut euch nicht! Zerstreut euch nicht!

»Taner! Taner!«, ruft jemand.

Ich schaue in die Richtung, aus der die Stimme kommt. Sie gehört einem alten Freund.

»Hey, Levo«, sage ich.

Auf dem Arm hält er seine Tochter, neben ihm steht seine Frau. Er stellt sie vor. Wir schütteln einander die Hände. Beyoğlu ist noch stärker bevölkert als sonst. Leute strömen an uns vorbei. Wir treten ein wenig zur Seite. Wir unterhalten uns, ohne jemandem im Weg zu stehen und ohne die Schaufenster zu verdecken, so sehr sind wir Stadtmenschen. Levent erzählt seiner Frau, wie verrückt ich in unserer Studienzeit war. Wie wir unter der Galata-Brücke bis zum frühen Morgen getrunken haben, wie wir auf dem Heimweg mit Linken stritten. »Dann wart ihr also Rechte? Wie interessant!«, fragt sie. »Nein«, sagen wir: »Wir waren besoffen, wir haben einfach ihre Farbeimer umgekippt.« Wir lachen.

Als unser Lachen sich in ein Lächeln verwandelt und uns verlässt, sagt Levent: »Aber jetzt echt, Taner, wie viele Jahre haben wir uns nicht mehr gesehen? Du hast dich echt verändert, hast ja fast alle Haare verloren!«

»Frag lieber nicht. Das ist lange her, sehr lange!«, sage ich. Er fragt weiter: »Bist Du verheiratet oder so?«

»Ach was, von wegen verheiratet!«, sage ich, und als ob es etwas besonders Wichtiges wäre, das ich mir einfach noch nicht habe verschaffen können, füge ich hinzu: »Aber schon ein bisschen so etwas Ähnliches.«

»Mann, Taner«, sagt er. Wenn er jetzt der geschwätzige Şefik gewesen wäre, hätte er gesagt: »Oh du meine Güte, Taner!« Er lacht. Şefik hätte auch gelacht, aber fies und respektlos. »Onkel Taner war schon immer so ein komischer Kauz, meine Kleine.«

Das Mädchen kichert und verdeckt dabei das Gesicht mit den Händen. Sie trägt eine rote Baskenmütze mit einem Pompon. Ihre Vorderzähne sind ausgefallen. Zwischen ihren kurzen Fingern hindurch sieht sie mich an. Wir schauen uns in die Augen, sie fühlt sich ertappt und vergräbt ihren Kopf im Hals ihres Vaters und kichert weiter.

»Onkel?«, sage ich, »Mensch Levo, ist es mit uns so weit gekommen?«

»Aber sicher!«, sagt er, »wir sind Onkels, und sogar schon richtig vertrocknete.«

»Oouf ouf, du liebe Zeit!«

»Und, wie läuft's so bei der Arbeit? Bist du immer noch bei der Bank?«, fragt er.

»Ja, ich war in Nurosmaniye, jetzt habe ich nach Beyoğlu gewechselt. Ich mach aber das gleiche wie früher. Ich habe gehört, dass sie in Antalya eine Filiale eröffnen, wenn ich Gelegenheit dazu bekomme, dann hau ich vielleicht ab nach dort«, sage ich.

»Ja, wieso nicht ... Und wir sind in den Neujahrsverkauf gegangen, meiner Mutter ein Geschenk kaufen. Wir zwei sollten den Kontakt nicht abreißen lassen, wir müssen uns unbedingt mal wiedersehen«, sagt er, dreht sich weg und geht weiter in Richtung Geschäfte. (Ach ja, wie »unbedingt«!)

Wie wäre es, wenn ich auch jemandem ein Geschenk kaufen würde? Zum Beispiel etwas für Serap? Oder für Arzu? Oder für Nihal? Ja, vielleicht für Nihal. Nihal ist ein gutes Mädchen, sie meldet sich nie von sich aus. Worüber würde sich Nihal denn freuen? Malt sie nicht? Nein, nein, ich kaufe ihr nichts. Sonst macht sie sich noch Hoffnungen. Und dann haben wir den Salat. So ist die Hoffnung, sie führt den Menschen weg von der Wirklichkeit, bringt einen vom Weg ab. Zurückzukehren kann schwierig werden. Wenn ich so daherrede, sagen die anderen manchmal, ich würde wie ein Dichter reden. Ich antworte dann: Das hat nichts mit Gedichten zu tun, mein Kopf ist einfach durcheinander. Und ohne es zu merken, rede ich zwischendrin in Reimen. Das sind wohl die ersten Anzeichen einer beginnenden Schizophrenie. Ob es stimmt oder nicht, weiß ich nicht, aber die Frauen lieben diese Geschichten (nicht mich, die Geschichten). Und obendrein die schönen Frauen. Ihre Hände sind schön, ihre Lippen feucht, ihre Füße rosa, ihre Stimmen melancholisch, sie haben Haut wie Samt ... Erzählt man Geschichten, werden sie zu Gedichten.

Wenn ich mit einer dieser Frauen zu mir nach Hause komme, schlafe ich mit ihr auf dem Teppich, nicht mal mehr ins Bett schaffen wir es. Schätzchen nenne ich sie, sie haben keine Namen, sie heißen alle Schätzchen. Ja, sagen sie. Ich sehe ihnen in die Augen, ich dringe in sie ein, rein und raus. Sie schließen die Augen und wimmern fein. Alles auf einmal. In diesen Momenten sieht mein Schatten aus, als ob aus meinen Schultern Beine wüchsen. Ich verwandle mich in eine seltsame Kreatur. Vielleicht auch deshalb schließen sie die Augen. Nach fünf bis zehn Minuten ist alles vorbei. Die Beine auf meinem Rücken trennen sich von meinem Schatten, schwenken auf die Seite. Dass das Leben keine Bedeutung hat, fühle ich am intensivsten, wenn ich nach dem Sex an die Decke schaue. Zünde dir eine Zigarette an. Schnell, zünde sie an! Ich bin so niedergeschlagen, dass etwas in mir schreien will, Mensch, ich kann nicht lieben! Ich bin mir nicht sicher, was das ist, was ich nicht lieben kann, ich will einfach schreien.

Beim Aufwachen nenne ich sie alle Schätzchen. Ich rede. Ich rede, als ob ich nie zuvor geredet hätte. Ich höre zu. Ich höre immer gleichen Geschichten in der immer gleichen Reihenfolge zu, als hätte ich sie noch nie gehört. Zwischendurch frage ich mitten im Satz: »Wie viele Stückchen Zucker hättest du gern im Tee?« Details sind wichtig. Sie rühren in ihrem Tee und erzählen von ihren Müttern, oder, wenn sie welche haben, von ihren Geschwistern. Oder manchmal von ihren Vätern. Von ungeliebten Vätern wird viel mehr erzählt als von geliebten. Jedenfalls kommt mir das so vor. Ich mag die ungeliebten Väter lieber, sie nerven nicht. In ungeliebten Vätern sehe ich künftige Schwiegerväter. Ich rühre meinen Tee um. In ihren zweiten Tee gebe ich die richtige Anzahl von Zuckerwürfeln, ohne zu fragen. Das gefällt ihnen. »Ja, mein Schatz«, sage ich, »du hast recht. Ja. Genau. So ist das Leben. Wirklich? Und wenn schon. So ist das Leben. Ja.« Sie bemerken gar nicht, dass ich nicht zuhöre. Warum soll ich auch zuhören? Es gibt Millionen Männer wie mich, Millionen Frauen wie sie. Auf Teppichen, auf Küchenabdeckungen, auf samtenen Sofas, auf knarrenden Sesseln, auf quietschenden Betten wälzen sie sich in einem fort wie die Verrückten.

Sie gleichen einander so sehr, dass die Gehenden die Kommenden und die Kommenden die Gehenden nicht vermissen werden. Wahrscheinlich gibt es genau aus diesem Grund keinen Unterschied zwischen dem Bad in der Menge und der Einsamkeit.

Ich betrachte die Menschen auf der bevölkerten Istiklal, alles in mir zieht sich zusammen. Von rechts und von links, aus den Läden, aus den Kinos, von allen Seiten strömen sie herbei. Die ganze Straße entlang branden sie mir entgegen, Pakete in ihren Händen. Will ich wirklich ein Teil dieser Menge sein?, überlege ich mir. Wenn ich die Einsamkeit nicht so gern hätte, ja, dann müsste ich Teil dieser Menge werden. Ich müsste hingehen und einem Menschen aus dieser Menge guten Tag sagen. Aber das kann ich doch nicht, ich schaffe es ja nicht mal, mit mir selber zu reden. Im Vergleich mit mir leben sogar Verrückte, die Selbstgespräche führen, fast schon im Luxus.

Zum Beispiel betrachte ich jeden Morgen in der Teekanne mein Spiegelbild: Mein Kopf ist drei Mal so groß wie mein Rumpf. Er schaukelt ständig nach rechts und nach links, hin und her. Was für ein unangenehmer Typ. Er sagt nicht mal guten Morgen, weiß aber genau, wie viele Stück Zucker ich in den Tee tue. Er regt sich über mich auf, ich rege mich über ihn auf. Wie kann ich es ausdrücken, zwischen mir und meinem Selbst herrscht eine riesengroße Sprachlosigkeit. Gemeinsam leben wir in einer Art Isolationshaft. Nur bei schlechtem Wetter oder zu später Stunde nimmt die Spannung zwischen uns etwas ab und wird erträglich. Darum auch schlafe ich so wenig wie möglich. Dieser Blödsinn namens Einsamkeit bricht nicht etwa in den Nachtstunden über dem Menschen zusammen, wie es in Liedern oft besungen wird. Ganz im Gegenteil, in den Nachtstunden wird die Einsamkeit weniger, erträglicher. Hart sind die Mittagsstunden, wenn die Sonne scheint, die Nachmittage, die Sonntagmorgen, die Spätnachmittage mit ihren geschwätzigen Picknicks … Aber die Nächte sind schön. Mittlerweile ist es Abend geworden. In dem Augenblick, als ich am Galata-Gymnasium vorbeikomme, spricht mich eine Frau mit hennagefärbtem Haar an: »Ich gebe dir eine Blume, mein Freund!« Ihr Kopftuch hat ein Rosenmuster. Ihre Augenwinkel sind von Runzeln umgeben.

Als ich sage: »Nein danke«, lässt sie enttäuscht den Kopf hängen. Danach wendet sie sich an den nächsten, der nach mir kommt, den übernächsten, den überübernächsten: »Eine Blume, mein Freund!«

Es weht ein Wind, der einem den Schnurrbart gefrieren lässt. Ich stecke meine Hände in die Taschen. Meine Finger beginnen sich in einer Welt weit entfernt von mir aufzuwärmen, einer grau melierten Welt aus dickem Mantelstoff. Mir dröhnt der Kopf. Nein. Heute gibt es nichts zu trinken, ich habe mich gestern Abend besoffen. Und wenn ich das Pissen noch ein kleines bisschen länger zurückhalte, mache ich mir in die Hose.

Ich betrete unverzüglich die nächste Konditorei. Drinnen ist es proppenvoll. Ich gehe auf direktem Weg auf die Toilette zu, doch der Kellner kommt mir entgegen. Als ob nichts wäre, gehe ich weiter zum Tisch neben einer bespiegelten Säule. Kaum habe ich meinen Mantel an die Stuhllehne gehängt, gebe ich dem Kellner ein Zeichen, dass ich sofort wiederkomme und galoppiere Richtung Toilette.

Zwei Minuten später kehre ich erleichtert an den Tisch zurück. Ein Mann, der am Fenster sitzt, schreibt etwas. Zwischendurch schaut er auf die Uhr. Neben dem Aschenbecher auf seinem Tisch liegt eine rote Nelke. Entweder er wartet auf jemanden oder wurde vor kurzem verlassen. Er ist in Gedanken.

Das Paar am Nebentisch sucht einen Grund, um sich an den Händen zu halten. Im Café ist es so heiß, dass die »Meine-Hände-sind-ganz-eingefroren-schau-mal-wie-kalt«-Nummer nicht zieht. Schlussendlich entscheiden sie sich dafür, sich gegenseitig das Schicksal aus den Handlinien zu lesen. Sie kichern. Die groben und behaarten Finger des Mannes gleiten in der Handfläche der Frau herum.

Der Alte in der Ecke trinkt Tee und liest Zeitung. Er trägt eine Lesebrille an einem Bändel. Die dicke Frau an dem Tisch mitten im Café leckt ihre sahneverschmierten Finger ab. Der junge Mann gegenüber erzählt ihr flüsternd etwas. Ich kann es nicht richtig hören, aber er ist wütend, das ist klar. Sie soll wie ein Mensch essen, vielleicht sagt er ihr das ja, dass sie wie ein zivilisierter Mensch essen soll.

Der Mann am Fenster beobachtet die Menschen, die auf der Istiklal kommen und gehen, und zerreißt was er geschrieben hat. Er stopft das Ganze in den Aschenbecher, nimmt die Nelke, die vor ihm liegt, in die Hand, dreht sie zweimal zwischen den Fingern und legt sie wieder zurück. Er schüttelt das letzte Stückchen Papier, das noch an seiner Hand hängt, in den Aschenbecher. Was er wohl geschrieben hat? Die junge Frau am Nebentisch sagt: »Hier bin ich am kitzeligsten.«

»Hier? Hier?«, fragt der junge Mann mit zudringlicher Stimme.

Die dicke Frau am mittleren Tisch ruft den Kellner. Sie bestellt zwei Stück von irgendwas. Ihr Gegenüber macht Handzeichen, dass er nichts mehr will. Der alte Mann in der Ecke blättert um zum Sportteil. Währenddessen hat der Mann am Fenster den Stift eingesteckt und zieht seinen Mantel an. Mach doch nicht so langsam, Mann. Jetzt hat er den Schal genommen. Er geht. Ich nehme meinen Tee, meine Zigarette, meine Tasche und meinen Mantel und setze mich an den frei gewordenen Tisch. Ich bin jetzt hier, bedeute ich dem Kellner, habe mich von dort drüben hierher verschoben. Er nickt zum Zeichen, dass er verstanden hat.

Draußen ist ein großes Gedränge. Geschichten laufen an mir vorbei, an denen ich nie teilhaben werde. Beamte mit eingefallenen Schultern, ehrlich und redliche Stoffhändler, langhaarige Gitarristen, rotwangige Mütter, Väter mit bürstenförmigen Schnurrbärten, alte Frauen mit großen runden Ohrringen, Großväter mit Goldzähnen, neidische Nachbarn von gegenüber, beste Schwäger dieser Welt, ungefiltert tratschende Schwägerinnen, besoffen den Verstand verlierende Ehemänner, sie alle laufen an mir vorbei, gehen heim in ihre mit WC-Pantoffeln, Gäste-Frottiertüchern, Putzlappen, Girlanden, Satteltaschen, Backöfen, Spitzentischtüchern und Wärmeflaschen vollgestopften Häuser. Manche schleppen Geschenkpakete. Morgen werden sie bis in die Morgenstunden hinein Pistazien, Haselnüsse, Mandeln und Bananen essen. Sie werden vor dem Fernseher Tombola spielen, sie werden sich ausgedehnt amüsieren, sie werden, ohne ausfällig zu werden, in ihren vier Wänden, hinter ihren Vorhängen, unter ihren Steppdecken, zum ersten und letzten Mal ins Jahr 1995 hinüberrutschen.

Ich zünde mir eine Zigarette an. Der Aschenbecher ist voller Papierschnipsel. Ach ja, der Zettel!

Ich setze die Teile des Briefes sorgfältig wieder zusammen, den der Mann zerrissen hatte, ehe er eben gegangen war.

»Liebe Melda,

Ich habe stundenlang in der Konditorei auf Dich gewartet. Jede, die durch die Tür eintrat, hielt ich für Dich. Du bist nicht gekommen. Oder Du bist gekommen, hast Dich jedoch nicht zu mir gesetzt. Ich hatte mir gesagt, dass ich nun keine Briefe mehr schreiben müsste, ich hatte mich geirrt. Ich hatte mir zu fest eingeredet, dass ich Dir begegnen würde, ich bin wirklich enttäuscht. Aber ich …«

Das war alles. Er hatte den Satz begonnen, mittendrin aufgehört und nicht mehr weitergeschrieben. »Aber ich …« Du bist ein hoffnungsloser, dem Leben Vorwürfe machender Trottel. Du weißt nichts Besseres, als in der Ecke einer Konditorei hängen gelassen zu werden. Dostojewski hat einmal gesagt: »Manche Menschen sind unglücklich, weil sie nicht wissen, dass sie in Wahrheit glücklich sind.« Wahrscheinlich hat er Recht, sie wissen es wirklich nicht. Vielleicht weiß es dieser Mann auch nicht. Und sogar ich weiß es nicht. Ja natürlich, ich krepiere vor Glückseligkeit, Dosto. Ich krepiere vor Glück, du Arschloch. Ich brauche keine geschwollenen Reden, ich brauche ein Ziel. Ja, ich brauche ein Ziel, das alle meine Fehler und Selbstzweifel auslöscht und alles, was mir zustößt, allein dadurch rechtfertigt, dass es mir auf dem Weg zu meinem Ziel zugestoßen ist.

Eine Frau spricht mich scheu an: »Ihsan?« Ihre Augen sind kohleschwarz, die Wangen knallrot. Sie schaut mich an, als ob sie mich zugleich sehr gut und überhaupt nicht kennen würde. Ich glaube, dieser Kerl namens Ihsan ist dieser Frau noch nie begegnet.

»Bist Du etwa Melda?«, frage ich sie, zweifelnd trotz allem.

»Ja«, sagt sie, »es tut mir so leid, ich habe dich so lange warten lassen. Du glaubst es nicht, aber ich war ganze zwei Stunden in einem Aufzug eingeschlossen.« Sie stockt: »Ich duze dich, aber …«

»Klar, ›du‹ ist okay.«

Sie setzt sich. »Ja, ›du‹ ist okay«, sagt sie, »was habe ich gerade gesagt?«

Hat sie etwas gesagt?

»Ah, ja, genau. Ausgerechnet in dem Moment, in dem ich herunterfuhr, gab es einen Stromausfall!« Sie spricht extrem schnell. »Mit Mühe und Not haben sie mich gegen Abend herausgeholt. Eigentlich ist das nicht meine Art, jemanden so warten zu lassen.«

»Kein Problem, ich habe die Vorübergehenden beobachtet.« Ich zeige nach draußen: »Sie hören ja nie auf vorüberzugehen.« So viele Menschen.

Sie zupft an den Fingern ihrer Handschuhe herum. Sie schaut mich an. Ihre Augen sind pechschwarz, bodenlos, als ob gleich hinter ihnen das Weltall beginnt. Ihre Augen sprechen in ein und demselben Moment alles aus, was ich weiß. Sie reihen alles, was ich hören will, und alles, was ich nicht hören will, auf, alles, was ich weiß, und alles, was ich vergessen habe. In ihren Blicken finde ich meine Mutter wieder, meine Großmutter, meine verflossenen Geliebten, meine ungeborenen Kinder, meine Enkel. Jenseits der Zeit, sich in eins und alles verwandelnd, schaut sie mich an, so dass sich alles, was ich bin, alle meine inneren Eigenschaften, mischen. Zigarette. Zünd eine Zigarette an. Schnell, zünd sie an.

»Zigarette?«, frage ich.

»Nein danke, ich habe aufgehört. Wenn ich jetzt wieder anfange …«

Ich habe Angst. Ihre Hände zeichnen kleine Kreise in die Luft. Ich befürchte, dass ich diese Hände ein zweites, ein drittes, viertes, fünftes Mal sehen möchte. Und wenn sie an den Händen friert? Ich mache mir in die Hose vor Angst, Mann, vor lauter Angst pisse ich in die Hosen. Wieder hat sie so geschaut. Nur ganz kurz.

Keine Angst, mein Sohn, fürchte dich nicht, sie schaut nicht dich an, sondern einen Kerl namens Ihsan. Wie immer er die Frau verführt hat, was immer er ihr erzählt hat, er ist ein Schwein.

»Am besten, man fängt gar nicht an«, beendet sie den Satz.

»Wie bitte?«, sage ich. Melda, du hast alles getan, dass ich nicht verstehe, was du gerade sagst.

»Ich spreche über Zigaretten. Am besten, man fängt gar nicht an«, sagt sie.

Sie wischt sich mit der Serviette den Schweiß ab. Heiß. Es ist heiß, sehr heiß.

»Die haben die Heizung wohl ordentlich aufgedreht«, sagt sie. »Erlauben Sie, ich gehe kurz zur Toilette. Wenn der Kellner kommt, könnten Sie mir dann bitte ein Profiterol bestellen?«

Jetzt hat sie wieder angefangen, »Sie« zu sagen. Sie geht. Zur Toilette. Die Toilette. Sie hat einen dermaßen dicken Pullover angezogen, dass man nicht sehen kann, was sie für eine Figur hat. Aber ihre Handgelenke sind fein, ihre Hüften sind schön. Eine tolle Frau, würde ich sagen, mir fehlen die Worte. Sie fließt, sie entfernt sich auf eine Weise, für die es im Wörterbuch keine Entsprechung gibt. Eine Weile schaue ich ihr nach wie ein unbedarfter verliebter Junge in einem Film.

Meine Hände schwitzen.

Worüber werden wir sprechen, wenn sie zurückkommt? Wird sie merken, wer ich bin? Oder besser gesagt, wer ich nicht bin? Nein, sie wird es wohl nicht merken. Jedenfalls, wenn ich nichts sage, wird sie es nicht merken. Als mir einfällt, dass ich ja sowieso nicht allzu viel spreche, beruhige ich mich. Ich beginne, aus den Charaktereigenschaften, die die meisten Menschen an mir schlecht finden, gute abzuleiten. Außerdem, sage ich mir, soll doch sie reden. Sie soll genau so sprechen, wie sie eben gelaufen ist, genau so, wie sie mich angeschaut hat. Sie soll von Bierschaum erzählen, von Kaffeesatz, von Tee, der im Wasser zieht, von Vogelzwitschern oder von den Farben der Wolken. Sie soll, während sie mit ihren Händen Kreise in die Luft zeichnet, von quietschenden Türen erzählen. Sie soll erzählen, wie sie sich am Ausziehbett die Spitze des kleinen Fingers verletzt hat, wie ihr Pulloverärmel an der Türklinke hängen geblieben ist. Weiter und weiter, und ich werde staunend zuhören. Sie soll in ihrem Satz den verbogenen, rostigen Stift erwähnen, der die Türklinke festhält. Wer hat den wann dort hingesteckt? Sie soll von der Tetanusimpfung, vom Anstehen für die Impfung, vom Anstehen in der Schlange vor dem Pideladen berichten. »Wenn die Pide in der Tüte zusammengepresst werden, werden sie pappig«, soll sie sagen. Details sind wichtig. Sie soll zum Beispiel unbedingt darauf zu sprechen kommen, dass sie sich die Spitze ihres kleinen Fingers verbrannt hat. Auf etwas zu sprechen kommen. Mit solch seltsamen Ausdrucksweisen soll sie erzählen, immer weiter. Sie soll auf alle Einzelheiten eingehen. Sie soll von Brot, von Teekannen, von Ofenrohren, von Kastanien erzählen, von wackelnden Gehwegplatten, unter denen sich Wasser gesammelt hat, von in der Mitte ausgetretenen Treppenstufen aus Marmor, von nach Schimmel riechenden Treppenhäusern, von Mehrfamilienhäusern, von uralten Spinnennetzen, die niemand beseitigt hat, von einem Löffelvoll Kaffee, der in den Kühlschrank gelegt wurde, von der halben Zitrone, die im Eierfach vergessen wurde, von Kichererbsen, die man teuren Nussmischungen zusetzt, um sie zu strecken. Sie soll einfach nicht zu sprechen aufhören.

Gleich wird sie zurückkommen, ihre Zunge wird den Gaumen berühren, ihr Atem wird durch ihre Zähne strömen, zu einem

Wort werden. Dieses Wort wird alles erklären. Alle diese seltsamen Fragen, die ich in mir trage, diese Sackgassen, all diese Wege, die einander so gleichen, dass man nicht weiß, welchen man nehmen soll. All das wird ihr Wort wegwischen. Vielleicht eines Nachts, gegen Morgen, an einem schönen Sommertag, an dem die Zeit stillsteht, oder auch schon in zwei Minuten, wird sie es sagen, dieses Wort. Und alles, ich und Melda und die Schuhputzkinder und die Blumenfrauen und alle diese abgearbeiteten Menschen und wir alle, wir werden zu etwas anderem werden, und wir werden anders erwachen.

Boom!

SALZ

Meldas Hände waren so sorgfältig gepflegt, dass sie ihren Seelenschmerz überstrahlten. Nachdem sie die Tür hinter sich geschlossen hatte, stellte sie ihre Einkaufstaschen auf den Boden. Der Saum ihres Schals wurde dabei staubig. Sie nahm den Brief aus dem Briefkasten. Als sie den Namen »Ihsan Filizer« auf dem Umschlag sah, begann sie zu weinen. Sie bemerkte weder das Auge, das im Spion der Tür gegenüber auftauchte, noch den mitten im Treppenhaus wie versteinert stehenbleibenden Hausmeister. Im kühlen Halbdunkel warteten alle, bis sich Meldas Schluchzen zwischen den Wasserzählern verlor.

Melda wischte sich die Augen. Sie betrat die Wohnung. Sie öffnete den Umschlag.

Ihre Augen blieben am Datum hängen, das auf dem Brief stand.

15.1.1995

Sie lachte.

Sie war von Sinnen, völlig perplex, von Tränen gesalzen, glücklich, verwirrt, sie verstand nicht, sie verstand nichts, sie lachte für zwei.

DAS REICH DER ENDLOS WIEDERKEHRENDEN RASIMS

Wie so vieles gleicht der Mensch einem Brunnen.
Man kann in ihm ertrinken.
A. H. TANPINAR

Rasim rauchte paffend. Der Rauch gab Rasims Stimme ihr berührendes Timbre, so, wie Schmerz einem Lied, das man gerade in diesem einen, unglücklichen Augenblick vernimmt, etwas Berührendes anheftet. Daher kam es, dass alle, die ihm begegneten, hinter seinem banalen Geschwätz einen tieferen Sinn verborgen glaubten. Seit vielen Jahren machen uns Filme, Lieder und Serien vor, dass der Weise der Straße existiert, ein bärtiger Mann, der in einem ausgedienten Ölkanister ein Feuer anzündet und Handschuhe mit abgeschnittenen Fingern trägt. Wir haben ohne Unterlass diesen Märchen gelauscht, die immer mit »Schau, mein Kind, schau!«, beginnen, sind den vollkommen leeren Erzählungen von Spelunkenphilosophen gefolgt, diesen betagten, väterlichen Onkelgestalten, die in den Bahnen des Schicksals kreisen. Wir wollten es nicht wahrhaben, doch wir wurden getäuscht.

Ich möchte ihm nicht unrecht tun, rhetorisch war er gut, ein interessanter Gesprächspartner, dem es nie an Worten mangelte. Wenn er fertig war, hielten ihn alle stets für einen großartigen Menschen. Rasim war es einerlei, ob deine Frau dich betrügt, ob sie dir dein Auto zerkratzen, ob du dich unglücklich verliebst, dein Haus abbrennt, dein Vater stirbt, ob dich die Marsmenschen entführt haben, dein Blinddarm platzt, sie dir die Beine abschneiden oder ob du erfährst, dass du Krebs hast. Leid war Leid. Du klagtest ihm deinen Kummer, er hörte dir zu. Eines schönen Tages jedoch, ehe du es dich versahst, sang er dir das altbekannte Volkslied vor: »Pack dein Mädchen in einen Sack, schaukle und schaukle sie und schlag sie gegen die Wand.« Es gibt fröhliche Volkslieder, die davon erzählen, wie man Mädchen in einen Sack steckt und an die Wand schlägt. Schon seltsam, nicht wahr? Ein blutiger Sack, ein totes Mädchen darin ... Aber ich schweife schon wieder ab. Also was ich sagen wollte: Wenn Rasim guter Dinge war, interessierten ihn keine Sorgen und Nöte mehr. Den Sorgen anderer zu lauschen, war ihm das Gegengift gegen die eigenen. Ganz einfach.

Im Grunde sagte er jedem das Gleiche: »Mensch, halt dich nicht damit auf. Wir sind ins Leben hineingekommen, wir gehen wieder hinaus, alles andere ist Unsinn.« In seinem Vokabular war das fast ein Ausdruck des Beileids, es klang wie eine Floskel, und er warf sie kurz und trocken in die Runde. Die Leute tröstete das mehr als ein »Alles Gute ...« mit drei Pünktchen dran, aus seinem Mund tönte es herzlicher. Ja, eigentlich waren seine Worte untauglich, aber taugen denn irgendwelche Worte irgendetwas in diesem Leben?

Nach der ersten Flasche pflegte er zu sagen, wobei er dem Kommen und Gehen der Frachtschiffe zuschaute: »Mein Sohn, die Welt ist längst untergegangen, und wir sitzen alle zusammen in der Scheiße.« Während er so sprach, nahmen die Umsitzenden seltsame Posen ein, als hätten sie gerade ein Geheimnis des Lebens entschlüsselt, und inhalierten tief den Rauch ihrer Zigaretten. Sieh es mir nach, wenn ich jetzt so von oben herab spreche, damals war auch ich unter ihnen, die dort Zigaretten rauchten.

Es war vor sechzehn Jahren. Das Wetter in der Nacht, in der ich Rasim kennenlernen sollte, war genauso kühl wie heute. Ich rauchte auf dem Balkon unseres Hauses eine Zigarette. Meine Frau packte drinnen meine Sachen: »Nicht, dass du nachher kommst und sagst, deine Sachen wären noch hier«, rief sie. Als ob ich nicht selbst meine Sachen zusammengeräumt hätte. Aber ich hatte auch Verständnis für sie, die gute Frau war angespannt. Es war nicht einfach, denn endlich waren wir uns einig in Bezug auf ein Thema, bei dem wir uns nie hatten einigen können. Wir würden uns am nächsten Tag scheiden lassen. Wie oft im Leben lässt der Mensch sich scheiden?

»Nimm auch die Spitzendecken von deiner Mutter mit!«, schrie sie zwischendurch, aber was sollte ich mit denen? Grillspieße, das Angelzeug, Bierpfandflaschen, ungebrauchte Lottoscheine, alte Pferderenn-Programme, das Aluminium-Kaffeekännchen mit Holzgriff, das noch von meiner Großmutter stammte, all das stopfte sie in eine Tasche, als wären das Teile eines Ganzen. Stundenlang machte sie Inventur. Offensichtlich ist es so: In dem Moment, in dem sich die Frau, die du liebst, in eine verwandelt, die du verabscheust, verwandeln sich auch die Socken, die Hemden, die Krawatten, die Spitzendecken in bleischwere Gewichte, die einen Mann mit sich in die Tiefe ziehen. Das ist auch mir geschehen, diese Schwere legte sich über mich. Ich spürte, dass ich mit diesen Sachen lange nicht abschließen, meine inneren Qualen nie an ein Ende kommen würden. Zum Donnerwetter, sagte ich mir, soll doch meinetwegen die Wohnung, soll der ganze Krempel im Grund und Boden versinken und schrie: »Was heißt denn hier Socken, nicht mal, wenn ich meinen Personalausweis vergessen hätte, würde ich je wieder in diese Wohnung zurückkehren.«

»Du wirst diesen Ausweis sowieso auswechseln müssen«, sagte sie in dem Beamtenton, den ihre Stimme immer dann annahm, wenn sie sich ärgerte.

Wie auch immer. Ich diskutierte nicht länger, zog meinen Regenmantel über den Trainingsanzug, schlug die Tür hinter mir zu und ging weg. Es war ein Abschied ohne Wiedersehen. Geld, Portemonnaie, Unterwäsche, Hosen, Socken, Schuhe und was man sonst so braucht, blieb drinnen. Aber ich hatte es nun einmal gesagt, ich konnte nicht zurück. Sechzehn Jahre liegt das nun zurück, und ich bin nie zurückgekehrt.

Du wirst jetzt fragen, was das mit Rasims Geschichte zu tun hat. Alles, wenn du es mal recht besiehst. Das erklärt sich erst allmählich, Schritt für Schritt. Wenn ich einem Menschen begegne, kommt es nicht nur darauf an, dass ich ihm überhaupt begegne, sondern auch, in welcher Verfassung ich es tue. Damals war also genau die Nacht, in der ich Rasim begegnen musste, denn ich war ganz und gar nicht im Gemütszustand, meinen Volksschullehrer, meine alte Geliebte, den Nachbarn von gegenüber oder einen Arbeitskollegen zu treffen. Ich glaube, ich brauchte in diesem Moment jemanden, der mich nicht kannte und in einem noch schlechteren Zustand war als ich. Denn wenn du gerade dabei bist, in der Scheiße unterzugehen, möchtest du diese Scheiße sofort mit jemandem teilen. Anders kannst du dich nicht retten. Das Wichtigste ist, dass du einen findest, der ungefähr genauso tief drinsteckt wie du. Das weiß im Grunde jeder: Wenn der Typ weniger Sorgen hat als du, hört er dir nicht zu, wenn seine Sorgen größer sind als deine, schämt er sich dafür und ihr werdet nicht miteinander reden können. Jemanden zu finden, dem du dein Problem erzählen kannst, ist an sich schon ein Problem, Punkt.

Genau in diesem verworrenen, komplizierten Gleichgewicht hatte Rasim sowohl die Wehmut dessen, der alles verloren hat, wie auch die Gelassenheit dessen, der alles neu entdeckt, in sich. In der Art, wie er saß oder aufstand, sagte er zu allem: »Komm du nur, wer oder was du auch bist.«Er hatte seinen Handwagen mit dem gesammelten Papier unter den Baum geschoben und saß dort mit Kumpel, seinem dreibeinigen Hund, als ich vorbeikam. »Junger Mann, hast du mal eine Zigarette?«, fragte er mich. Wie jeder, der soeben aus den Trümmern seines zusammengekrachten Hauses kriecht, schnaufte ich vor Ärger: »Nein, Mann, ich habe keine Zigarette und auch sonst nichts«, entgegnete ich, »ich habe grad gar nichts.«

»Wie jetzt, überhaupt nichts? Wie kann das sein?«, sagte er mit leiser Stimme, »jeder hat wenigstens etwas, mindestens hat er seine Sorgen und seinen Kummer.« Nachdem er dies gesagt hatte, nahm er einen Schluck Wein und als wäre ihm gerade ein extrem wichtiger Gedanke gekommen, sprang er plötzlich auf und rief laut: »Wenn einer gar nichts mehr hat, dann immerhin Eis am Arsch!« Rasim war ein lustiger Typ, der in alles, was er sagte, immer wieder saftige Flüche packte.

Als er dies gerufen hatte, antwortete ich: »Ja Mann, von dem, was du gerade gesagt hast, habe ich einiges«, und setzte mich neben ihn. So habe ich Rasim kennengelernt.

»Lass uns ein bisschen fröhlich sein!«, sagte er und holte eine Fünfliterflasche Wein aus seinem Versteck im papiergefüllten Handwagen. Wir tranken, bis die Sonne aufging, und aßen dazu zwei Äpfel. Völlig zerknittert ging ich direkt zum Gerichtsverfahren. Auf dem ganzen Weg schlug mir die Sonne ins Gesicht. Ich kann euch gar nicht sagen, wie mein Kopf dröhnte, wie übel ich roch. Eh egal, dachte ich, so oder anders, ich bin ja sowieso am schlimmsten Punkt angelangt, an dem eine Ehe überhaupt ankommen kann.

Ich betrat das Gerichtsgebäude und keuchte die Treppe hoch. Meine Frau saß vor dem Gerichtssaal auf einer Bank. Ihre Augen schauten auf die Treppe, unsere Augen trafen sich: die Farbe von Honig ... Wir sahen uns an, wie wenn man einen Fremden ansieht, der einem ähnelt, den man kennt. Als ich näherkam, streckte sie die Hand aus und sagte: »Nimm.« Sie hatte mir meinen Ausweis mitgebracht. Als ich mich bedankte, rief der Gerichtsdiener im Korridor unsere Namen. Wir gingen sofort in den Gerichtssaal und pflanzten uns vor dem Richter auf wie zwei einsame Pappeln. Ich erwartete, dass wir mit einer langen Einleitung begännen wie in einem türkischen Film und dass ich zum Schluss eine Tirade loslassen würde, die die Zuschauer zu Tränen rührte, aber so kam es nicht. Ein Freund hatte mich gewarnt: »Zack, mit einem einzigen Gerichtstermin werdet ihr geschieden sein«, und so kam es auch. »Wir vertragen uns überhaupt nicht mehr, Herr Richter«, sagten wir, »nur bei diesem einen Thema sind wir noch einer Meinung«. Tickticktick, tickticktick .... nach diesem und jenem Gesetz und diesem und dem Paragrafen, sssssst, jenen Absätzen und irgendwelchen Zeilen gemäß, ticketicktick, tickticktack, sssssssst ... Schluss, das war's. Mit dem Ticken und Surren der Schreibmaschine, mit roten Siegeln und feuchten Unterschriften registrierten sie offiziell, dass wir zwei unglückliche Menschen waren.

Von der Gerichtsverhandlung ging ich zur Arbeit und sagte mit meiner müdesten Stimme, dass ich krank sei. Es war nicht mal gelogen, die Bürokratie hatte mich vergiftet. Bis Mitternacht trieb ich mich herum. Die erste Nacht verbrachte ich weit weg von dem

Ort, den ich einst mein Zuhause nannte, in einer kleinen Pension in Beyoğlu. Die Tage danach wohnte ich bei gemeinsamen Freunden, mit denen wir uns, als wir verheiratet waren, ab und zu getroffen hatten. Sie fütterten mich an ihren schicken Esstischen mit wunderbarem, warmem Essen und bezogen mir die Ausziehsofas in den Wohnzimmern mit den saubersten, weißesten Leintüchern. Aber es geschah nicht aus Güte, es ging ihnen nur darum: »Ah, ah!«, zu sagen und mich als abschreckendes Beispiel in ihren Salons auszustellen. Auf diese Weise bewiesen sie sich, wie schön ihre langweiligen Ehen waren, und es machte sie glücklich, wenn sich ihre Lungen mit dem Geruch von feinem Batist füllten. In einer kühlen, nach Sofakissen riechenden Nacht kehrte ich diesen Häusern den Rücken zu.

In der Gegend von Fındıkzade mietete ich ein einsames Zimmer. Ich brauche doch ein Zuhause, sagte ich mir, aber ich blieb nicht lange da. Ständig ging ich mit jemandem aus. Meinen Freunden sei Dank, sie ließen mich nicht allein. Auf den Balkonen der Häuser, in den Kneipen im Souterrain sagten sie: »Komm, wir kippen uns einen hinter die Binde!« Wir tranken wie die Wahnsinnigen. Während wir Meze in uns hineinstopften, redeten und redeten sie. Sie redeten ganze Nächte lang davon, was für eine Schlaftablette meine Ex-Frau gewesen sei und wie sie eigentlich gar nicht zu mir gepasst habe. Yasemin war nie zufrieden, sie verlangte sehr viel Beachtung, egozentrisch war sie auch, und sowieso hatte niemand sie je gemocht. Nur irgendwie sagen hatten sie es mir nicht können. Und außerdem: Gab es für mich keine andere Frau? Auch das verwarfen sie wieder, denn was hätte ich mit einer Frau anfangen können, das Junggesellendasein soll doch das Paradies sein. Eine Nacht, zwei Nächte, drei Nächte, meinetwegen.

Aber in der einhundertundzweiundsiebzigsten Nacht, in der wieder mal das Junggesellentum das Paradies war, rief ich: »Wenn das Junggesellentum wirklich so ein Paradies ist, dann lass dich doch scheiden, du Arschloch!«, und mit diesen Worten schlug ich ihm mit meiner Stirn die Nase ein. Wir verbrachten die Nacht auf der Polizeistation, und so war es dann auch mit diesen Plaudereien vorbei.

Erst als ich mit meinem Latein am Ende war, begann die richtig schöne Beziehung zu Rasim. Und um ehrlich zu sein, ich war ja eigentlich ein Scheißkerl, denn bevor mich nicht alle verlassen hatten, suchte ich den Kerl nicht auf. Eines Nachts machte ich mich mit zwei Flaschen schönem Marmarawein, einigen Äpfeln und einem Päckchen Maltepe auf den Weg. Rasim hatte wie immer den mit Papier beladenen Handwagen unter den Baum im Park gestellt. Er saß mit Kumpel unter der blauen Plane. Gerade als er mich um eine Zigarette bitten wollte, erkannte er mich: »Na, wo warst du, du alter Hurensohn!«, fragte er und lachte. Ich lachte zurück in einer Art, wie ich früher nie gelacht hatte, eigentlich wieherte ich mehr, als dass ich lachte.

In dieser Nacht nahmen wir keine seltsamen Posen ein und führten keine tiefschürfenden Gespräche. Wir schauten auch nicht in die Ferne und gaben bedeutungsvolle Sätze von uns. Wir sprachen über Gott und die Welt. Und nach der ersten Flasche Wein sagte Rasim sogar: »Eh! Würdest du dieser Frau nachsteigen, die da gerade an uns vorbeigeht?« Ich antwortete: »Ja, Bruder, schöne Frau, wer würde das nicht?« Eigentlich hatte ich keine Lust dazu, aber ich konnte es nicht sagen. In der letzten Zeit gab es nichts mehr, was ich gewollt hätte außer Trinken und Pissen. Du weißt schon, manchmal hat man einfach keine Lust auf gar nichts.

So verging die Zeit, wir wurden sehr vertraut. Anfangs besuchte ich ihn einmal die Woche, meist samstags, später stieg die Frequenz meiner Besuche auf zweimal die Woche, nachher kam ich wöchentlich drei- bis viermal. Es gab Zeiten, da existierte für mich ein Unterschied zwischen Wochentag und Wochenende. Ich war auch einer von denen, die Vorsätze definieren. Jedes Neujahr, an jedem Geburtstag, jeden Monat, ja, sogar jeden Montag wachte ich auf, um ein neuer Mensch zu werden. Und wenn es ein sonniger Tag war, dann glaubte ich sogar, ich könne die ganze Welt verändern. Inzwischen ist das alles in weite Ferne gerückt.

Was sagte ich gerade?

Wir verbrachten eine sehr schöne Zeit miteinander, ich hatte viel Spaß mit Rasim. Was auch immer geschah, er blieb stets der Selbe und lachte auf immer die gleiche Art weiter, doch ich veränderte mich sehr. Während ich dort lachte und mich vergnügte, wurde aus mir in drei, vier Monaten ein ganz anderer Mensch. Zum Schluss kam ich in einen Zustand, in dem mich die Welt nicht mehr kümmerte. Und es kam noch besser: Auch das Leben zeigte Verständnis und gab mich nach und nach auf. Nach der Ehefrau, dem Haus, den Besitztümern, den Freunden kam die Arbeit an die Reihe. Wenn ich Arbeit sagte, meine ich auch wirklich Arbeit, denn damals arbeitete ich noch im Anzug, im Büro einer Versicherungsfirma. Sogar am Wochenende war ich top gekleidet. Ich war das Paradebeispiel eines musterhaften Angestellten. An einem verregneten Freitagabend ging alles zu Ende. Sie haben mir einen Korb gegeben, zahlten mir eine Abfindung für die sechs Jahre, die ich bei ihnen beschäftigt gewesen war, und sprachen über ökonomische Rahmenbedingungen, Personalüberschuss, Reorganisation, Motivation, Vision und Mission. Wenn sie doch wenigstens aufrichtig gewesen wären und mich angeschrien hätten: »Mensch! Bist du eigentlich der Einzige, der geschieden ist!« Oder wenigstens: »Ist das hier das Geschäft deines Vaters? Du kommst jeden Tag erst um zehn oder elf.« Aber so etwas sagen sie nicht.

Als ich das Kündigungsschreiben entgegengenommen hatte, glich mein Herz dem eines eben erst entlassenen Soldaten, es klopfte poch poch. Als ich meine ersten Schritte außerhalb der Firma tat, war mein Inneres von einem unbegreiflichen Gefühl des Friedens erfüllt, ich war wie berauscht. Dabei war ich heimatlos wie ein uneheliches Kind, ich war allein, mitten in einem zusammengestürzten Leben. Acht falsche Entscheidungen und Taten braucht es, damit ein Mensch sich wirklich und absolut am Ende fühlt. Die meisten dieser Entscheidungen hatte ich getroffen, die meisten dieser Taten vollbracht. Als ich mein glückliches Gesicht in der Glastür sich spiegeln sah, verstand ich die Realität: Dies war die Katastrophe kleineren Umfangs, die ich schon seit so langer Zeit vom Leben erwartet hatte und die aufzeigen würde, dass ich all die Dummheiten, die ich bis jetzt begangen hatte und noch begehen würde, mit Recht beging.

Der Seelenfrieden ist ein seltsamer Freund, erst wenn du nichts mehr zu verlieren hast, findet er dich und kommt zu dir. Aber tatsächlich, als sich vier Monate später der Hausbesitzer an die Türe lehnte, war auch von meinem Seelenfrieden nichts mehr da. Wie der Neyzen schon sagte: Ich scheiße auf den Lauf dieser Welt und auf dieser Welt Lohn.

In den Zeitungen schreiben sie gern über die Dreieinigkeit von Liebe, Geld und Gesundheit. Bei mir war die Liebe beendet, das Geld war weg, einzig geblieben war mir die Gesundheit. Und auch die würde ich bald aufgebraucht haben. Die Welt hatte ihren

Entschluss ja eigentlich längst gefasst, mich langsam aus dem Verkehr zu ziehen. Na los, lasst mich der Welt ein bisschen helfen.

»Tschin tschin, zum Wohl!«

Wo wir grad von »zum Wohl« sprechen … Viele haben hier mit mir, ganz wie du, schon angestoßen. Die haben sich aber jetzt alle verändert, und das hat gänzlich aufgehört. Alle sind gegangen. Ab und zu kommt noch einer vorbei und sagt hallo im Andenken an vergangene Tage, aber vergeblich. Nachdem ich die Leute, die eigentlich nirgends angekommen sind, kennengelernt und sie gern habe, kann ich mit ihren Glückszuständen nicht warm werden. Ich sage dann, dieser Mann ist auch einer von »ihnen« geworden. Wer »sie« auch immer sind, Schande über sie! Was soll's, dennoch sind solche Freundschaften schön, die sich auf gemeinsamem Leiden gründen, auch wenn sie sich abnutzen, wenn man alt wird, wenn man sich von der Scheiße nährt, in der man gemeinsam steckt, dennoch sind solche Freundschaften schön. Sei nur du selbst und wenn du eines Tages doch Glück hast, oder, was weiß ich, wenn es dir eines Tages wieder gelingt, den Ball übers Netz zurückzuspielen, dann aber bleib mir fern, komm nicht zu mir. Denn ich habe noch keinen gesehen, der sich, wenn er glücklich ist, nicht ändert und das vergisst, was hier, unter dieser blauen Plane stattfindet. Wage ja nicht, dich so hübsch und proper neben diese Bank hinzustellen und uns etwas anderes aufzuzwingen als das, was wir sind. Wir sind richtig, wie wir sind, lass uns in Ruhe, Hände weg!

Kann sein, du möchtest jetzt sagen: »Du bist schon in Ordnung, mein Freund.« Aber du wirst die Klappe halten, weil ich es zuerst ausgesprochen habe, bevor du etwas sagen konntest. Du wirst dich schämen wie ein Scharlatan, der aufgeflogen ist, weil du bemerkst, dass du sogar vor dir selbst verheimlichst, dass du versucht hast, die Menschen zu täuschen. Genier dich nicht, komm, sag, ist schon recht. Ich bin kein Lügner, manchmal gefällt es mir sogar, wenn mir geschmeichelt wird. Wenn ich bemerke, dass ich bis zum Hals in der Scheiße stecke, möchte ich das auch spüren. Es kommt vor, dass sogar ich lächerlichem und oberflächlichem Geschwätz zu glauben beginne: »Eigentlich machst du es am allerbesten, mein Bester«, sagen sie und stoßen mit der Flasche mit mir an. Ja, antworte ich, ich mach's am besten. Indem ich tu, was ich tue, scheiße ich auf dieses System, das den Menschen fertigmacht. Am Ende der Nacht werden sie mir sagen: »Mensch, wie beneide ich dich!« Du Hurensohn, verpiss dich, oder, falls deine Karte nicht sticht, komm, setz dich her und lebe mein Leben! Wenn du zur Arbeit gehst, beneidest du den Straßenhund, der in der Sonne liegt, und die Katze, die sich auf dem Auto räkelt. Genauso beneiden die Arschlöcher mich. Jetzt mal ehrlich: Als ich gearbeitet habe, war ich neidisch auf die, die auf der Straße lebten.

Und dann sind da welche, die sagen: »Du bist ja ein Sammler von tollen Leuten geworden, Mensch.« Die Straße macht dich nicht zu einem, der tolle Menschen um sich sammelt, die Straße lässt dich frieren. Sie lässt dich so sehr frieren, dass du am Ende nicht mehr den Straßenbeton kalt wie Eis findest, sondern Eis so kalt wie Straßenbeton. Wenn du meinst, dass ich ein vorschnelles Urteil über die Straße fälle, lass dir erzählen, was ich weiß: Ich habe gelernt, nicht nur die Hure Hure zu nennen und den Polizisten Polizist, ich nehme den Taxifahrer für einen Taxifahrer, den Papiersammler halte ich für keinen anderen als den, der er ist, und den Imam akzeptiere ich als Imam. Ich gehe nicht einfach an ihnen vorbei. Und die, welche sich als Menschenkenner bezeichnen, sogar die erkenne ich leicht.

Du bist einer von ihnen. Wenn du jemanden Experte, Meister, Vater oder Kapitän nennst, glaubst du, du hast verstanden, wer er ist, aber so einfach ist das nicht. Was soll ich sagen? Wenigstens sagst du nichts Abfälliges. Schön, dass du gekommen bist, hast an meinem Tisch Platz genommen, lass uns miteinander plaudern … Ich bin für dich doch auch einer von denen, die sich Menschenkenner nennen. Und weil ich weiß, dass du genauso denkst, kann ich mich auch wirklich für so was wie einen Menschenkenner halten. Fuck, was weiß denn ich! Entschuldige! Lass gut sein, los, komm, zünd mir mit deiner Glut meine Zigarette an.

Genau, ich sprach von Rasim …Früher haben wir viel Zeit zusammen verbracht. In letzter Zeit gerät alles etwas durcheinander. Mit Rasim zusammen durchstöberte ich den Abfall nach Brauchbarem, wir sammelten Papier, Metall und Glas. Zwischendurch bettelten wir die Jungen auf der Istiklal nach Geld für Wein an. Drei oder fünf, egal wovon. Sie mochten uns, weil wir Geld für Wein verlangten, ohne etwas anderes vorzugeben. Manchmal tanzten wir mit den Besoffenen den Halay in der Straße, manchmal schlossen wir uns den Straßenmusikanten an. Die uns kannten, wussten, wir stahlen nicht und raubten keine Leute aus. Darum ließ uns auch die Polizei in Ruhe. Also, es ging uns gut, alles war fein. Wie man so schön sagt, wir waren schlimmer beieinander als Hunde, aber besser gelaunt als der Pascha, genauso ging es uns. Ich habe nicht gezählt, wie viele Jahre es waren, aber den Großteil unserer Zeit auf der Strasse verbrachten wir so. Wir haben damals dermaßen viel getrunken, so viel geredet, so viel geweint und gelacht wie die Esel, dass schließlich der Tag kam, an dem wir kein Bedürfnis zum Reden mehr spürten. Wir saßen stumm da und beobachteten die Schiffe. Genau so war es. Rasim saß unter dem Baum dort, ich hingegen auf dieser Ecke der Bank. Zwischendurch deutete er auf seine Zigarette und wollte das Feuerzeug, ich warf es ihm mit einem gezielten Wurf in den Schoß. Wenig später kam es auf die gleiche Art und Weise zu mir zurück. Wir teilten uns das Paket Zigaretten, bis es zu Ende war. Soll ich dir etwas sagen? Zu sein wie einer, der sorglos in den Tag hinein lebt und sich um nichts kümmert, und einfach nur Schiffe zu beobachten, das ist schöner als reden.

So ging dieser Sommer vorbei. Und der Winter kam. Vielleicht erinnerst du dich daran, einmal, vor ein paar Jahren, hat es geschneit wie irre. Istanbul war gelähmt, die Straßen ausgestorben. Mit einem Bananenlikör in der Tasche und einer Büchse Milch kam ich wie immer hier unter die Straßenlaterne. Wenn das Wetter kalt war, achteten wir besonders auf unsere Gesundheit. Rasim war nirgends zu sehen. Als ich auch Kumpel nicht sah und nicht Rasims Handwagen, sagte ich mir, sie müssten wohl noch irgendwo vorbeigegangen sein, und wahrscheinlich kämen sie später. Ab und zu ging Rasim verloren. Ich wartete. Die Plane hing vom Gewicht des Schnees durch, ich brachte sie in Ordnung und breitete auf der Bank eine trockene Zeitung aus. Ich wartete und wartete, keiner kam. Es war eiskalt. Um nicht einzufrieren, öffnete ich die Flasche und nahm ein paar Schlückchen. Eine Stunde lang vertrieb ich mir die Zeit mit Trinken. Dann war der Likör alle. Meine Nägel waren vor Kälte blau. Rasim kommt wohl nicht mehr, dachte ich, sicher hat er sich bei dieser Kälte irgendwo verkrochen. Ich kehrte zurück in meine Junggesellenbude in Tarlabaşı, in der ich die Winter verbrachte. Ein paar Tage lang besuchte ich Rasim nicht.

Einige Zeit später schmolz der Schnee, die Kälte schien langsam zu weichen, und ich machte mich wieder auf, zurück. Rasim war nicht aufzufinden. Ich fragte bei der Bar an der Ecke, beim

Kokoreç dort hinten, beim Muschelverkäufer und bei den Handwerkern in der Gegend, niemand hatte ihn gesehen. Wenn ihn keiner gesehen hatte, nicht einmal der Buffetinhaber, zu dem Rasim immer für seine Fünfliterflaschen Wein ging, von denen er mindestens ein, zwei pro Woche holte und bunkerte, da dämmerte es mir: Der Kerl war gegangen, ohne ein Wörtlein des Abschieds zu hinterlassen, einfach gegangen.

Die anderen Papiersammler erzählten es dann. Rasim war in Okmeydan vor einem Bankautomaten erfroren. Direkt vor dem Krankenhaus sackte er, die Hände in den Schoß gelegt, zusammen und blieb liegen. Kumpel hatten sie inzwischen in ein städtisches Tierheim gebracht. Und all das war in der Nacht geschehen, in der ich mit dem Bananenlikör auf ihn wartete. »Es kam doch sogar im Fernsehen, hast du es etwa nicht gesehen?«, sagten sie. Aber was hätte es schon bedeutet, wenn ich es im Nachhinein gesehen hätte?

So also starb Rasim. Selbst im Sterben hat er noch eine dieser miesen Straßenweisheiten gebracht: Als hätte es in dieser riesigen Stadt keinen anderen Ort gegeben, verreckte er an irgend einem Unort, umgeben von modernen Gebäuden, direkt vor dem Krankenhaus. So einer bist du, du sagst: Ich komme und verrecke mitten in der Nacht, sollen sie es nur am Morgen in den Nachrichten sehen, sollen sie sich nur etwas denken dabei. Es hat nicht geklappt. Diesmal ist es dir nicht gelungen, du hast kein Herz gerührt. Weil keiner dich erkannt hat, wurdest du vergessen. Sogar Idioten wie ich werden dich vergessen. Und wenn ich dann gehe, wird ein anderer Idiot an meine Stelle treten, der wird sowohl mich als auch dich vergessen. Und immer so weiter.

Rasim ist tot, und doch wirst du sehen, dass an jenem Ort immer wieder ein Rasim erscheint. Er wird an Sommermorgen absolut ahnungslos auf dieser Bank schlafen, nicht wissend, dass schon vor ihm einer da war und auch nach ihm wieder einer kommen wird.

Der langen Rede kurzer Sinn: Für mich existiert Rasim weiter. Abends beobachte ich noch immer die Schiffe mit ihm. Erst gieße ich etwas Wein unter den Baum, dahin, wo er immer saß, dann sage ich: »Rück ein bisschen auf die Seite, Rasim«, und setze mich neben ihn. Was noch soll ich sagen. Nicht einmal der Tod vermochte uns zu trennen.

Und heut Nacht bist du, so wie ich vor Jahren, gekommen und hast dich auf diese Bank gesetzt. Ich bin Rasim geworden, du wurdest ich. Eh du dich versiehst, haben auch wir solch eine schöne Freundschaft.

Und …

»Zerbrich dir nicht den Kopf. Wir sind auf die Welt gekommen, wir gehen wieder, der Rest ist Geschichte. Ach ja, hättest du vielleicht mal eine Zigarette?«

PLÖTZLICH GESTERN NACHT

Oh, let the sun beat down upon my face,
with stars to fill my dream.
I am a traveler of both time and space
to be where I have been.

LED ZEPPELIN, »KASHMIR«

Gestern Nacht erwachte ich weinend aus einem Traum. Es ging darin nicht um den Tod und nicht um die Liebe, sondern um die Jugend. Der Traum war so glücklich und schön, dass ich die Realität nicht ertrug, die mir beim Aufwachen ins Gesicht schlug.

Das Wasserglas auf dem Nachttisch, das Handy, das darauf wartete, mich morgens mit unerbittlicher Melodie zu wecken, meine mit halb geschlossenen Augen und offenem Mund schlafende Frau Sevil, all das hatte mich nie vorher derart gestört. In der eckigen Stille der Stadt wälzte ich mich eine Zeitlang von einer Seite auf die andere. Ich fühlte mich, als wäre eine Stahltür hinter mir zugeschlagen, ich pochte dagegen, tocktocktock, aber niemand öffnete. Ich schloss die Augen und versuchte wieder einzuschlafen. Das glückte mir auch nicht.

Was für ein schöner Traum das doch gewesen war!

Von fern erklang Musik, wir tranken Wein mit Frauen, die wir nicht kannten, bei einer alten rostigen Brücke in einer Stadt, die wir auch nicht kannten. Eine der Frauen könnte Ceren gewesen sein, ich bin mir nicht sicher. Wir hatten verblichene T-Shirts an.

Da wir so faulenzen konnten, muss es einer dieser schönen Tage gewesen sein, als du deine jämmerliche Ehefrau noch nicht kanntest. Wenn du mich nach dem genauen Datum fragst, ich weiß es auch nicht, nicht mal, wenn ich mir überlege, welche Leute ich damals schon kannte und welche ich erst später kennenlernen sollte. Die Vergangenheit ist nie niet- und nagelfest, ich weiß einfach nicht, wo gewisse Erinnerungen anfangen und wo sie enden. Ich kann höchstens sagen, dass es damals war, als wir absolut pleite, zugleich aber glücklich waren.

Schau mal, wie jung wir sind! Wir sehen traumhaft aus. Wir haben mit dem Sterben noch nicht begonnen, in Ehen, die über uns zugeklappt sind wie rostige Fallen, am Rande gesitteter Grillpartys, zwischen dicken Akten. Wir haben noch keine Autos, die graumetallic lackiert sind, damit man sie gebraucht besser wiederverkaufen kann. Wir gehen einfach zu Fuß. Die Straßen schwingen in sanften Kurven, dehnen sich in die Ferne, führen uns spazieren. Von weither kommen Wellengeräusche, der Wind riecht nach Gischt. Gemeinsam laufen wir zwischen Bäumen hinunter zum Strand.

Neben dir sehe ich eine schlanke Frau mit dunklem Teint, lachend flüstert sie dir etwas ins Ohr. Ich kann nicht hören, was sie sagt, euer Privatleben bleibt unangetastet. Ihr scherzt so schön miteinander, dass die Wahrsager und die Typen mit ihren Fotokameras, die dich fotografieren wollen, Lust bekommen, mitzulachen. Wer die Person neben mir ist, finde ich nicht heraus. Ihr Aussehen scheint sich ständig zu verändern, sie wird immer wieder zu einer anderen. Ihre Augen spielen von Grün ins Blau, von Blau ins Braun. Ihre kurzen dicken Finger werden länger, ihre Wangen füllen sich, die Augenbrauen werden schmaler, zuerst scheint sie stupsnasig, danach weist ihre Nase nach unten wie ein Haken nach unten, ihr Kinn wird länger, ihre Lippen werden voller, die Wangen fallen ein, Sommersprossen erscheinen, werden dunkel, verblassen wieder … Nur ihre Haare bleiben immer gleich. Ich vergleiche ihre Haare mit Cerens. Sofort fällt mir ein, dass das doch unmöglich ist, denn als wir so jung waren, war Ceren noch ein Kind. Genau in diesem Moment beginnen sich ihre Haare zu verändern, von blond zu rot, dann zu kaffeebraun. Mit Hunderten Stimmen stößt die Frau, im Chor mit sich selbst, neckische, zärtliche, hysterische, komische, erstickte Lacher aus. Einige klingen wirklich schön. Ich bin durcheinander und weiß nicht, ob ich sie duzen oder siezen soll.

Du zeigst auf eine Felsnase ein Stück weit von uns entfernt und sagst: »Dorthin.« Unter dem knallblauen Himmel laufen wir weiter in die von dir gewiesene Richtung. Sand rieselt von unseren Füßen. Wir gehen durch einen Felsenkorridor, der aussieht, als würden Piraten hier Schatzkisten verstecken. Wir sind vielleicht nicht ganz genau so glücklich wie in unseren Kinderjahren, aber trotzdem fröhlich. Wenn wir Kinder wären, würde es uns schon in Aufregung versetzen, diesen Durchgang nur zu sehen. Ich denke, man sollte die Kindheitsjahre bei solchen Vergleichen außer Betracht lassen, um dem Leben nicht unrecht zu tun. Denn dieser ganze Kindheitsquatsch war eine solch wunderbare Idylle, nichts konnte mich je wieder in diese Zeit zurückversetzen, egal, was ich auch trank oder probierte. Ja wie denn auch? Das war die Zeit der Unsterblichkeit, in der alle noch lebten, die wir kannten. Alle waren sie kerngesund und standen stramm aufrecht auf ihren Beinen. Unsere Tanten und Onkel waren allenfalls in dem Alter, in dem wir jetzt sind. Wenn du es nicht glaubst, gehe hin und schau selber, all diese alten Damen mit ihren wattierten Schulterpolstern und Dauerwellen, es gibt sie noch. Das ganze Leben war wie ein Traum, ich glaube, darum spielen meine Träume auch nie in der Kindheit. Es ist nicht leicht, den Traum eines Traums zu träumen.

Langsam wird es Tag. Eins wüsste ich gern, Savaş: Könnte ich wohl auch von diesem Zustand träumen, in dem wir jetzt leben, von dieser Einsamkeit inmitten der Menge? Ich denke doch, auch wenn ich keinen Traum der Träume träume, wie damals in meiner Kindheit, träume ich immerhin auch keinen Albtraum der Albträume. Verdammt, ich denke nach und denke nach. Etwas anderes gibt es für mich nicht, ich lebe von Gedanken. Was ich einmal Wirklichkeit nannte, hat sich in eine Tastatur verwandelt, eine mit hundert Tasten zwischen Q und M. Fast alles, was einmal Teil meines Lebens war, ist aus meiner Seele verschwunden. Ich beschimpfe nicht mal mehr Taxifahrer, die mich mit Wasser bespritzen. Dabei tat ich doch früher nichts lieber, als Taxifahrer zu beschimpfen.

Vielleicht erinnerst du dich daran: Es war nach unserem ersten Konzert im Club Lay Lay Lom. Nachdem wir uns von Erkan und Ümit verabschiedet hatten, drängten wir uns durch die Menge hinunter nach Karaköy und liefen dann das Ufer entlang nach Beşiktaş. Wieder einmal spritzte uns ein Taxi fuusssch ganz nass. Wir riefen ihm wüste Flüche nach. Sofort trat der Kerl auf die Bremsen. Er rief: »Ihr Arschlöcher!«, und stieg mit einem Knüppel in der Hand aus dem Auto. Schnurstracks nahm der Kerl Kurs auf uns und schlug mit dem riesigen Knüppel auf dich ein. Warum auch immer, er krümmte dir kein Haar. Der Stock schrammte knapp an deinem Ohr vorbei und landete auf der Gitarrentasche auf deinem Rücken. In diesem Augenblick brannten dir die Sicherungen durch. Du zogst die Tasche von der Schulter und schlugst sie ihm in die Kniekehlen. Völlig überrumpelt stürzte der Idiot, Gesicht voran, zu Boden. Als ich ihm obendrein in den Bauch trat, blieb ihm weder sein Knüppel noch Luft zu atmen. Ein Arschloch hatte sich in einen Schlappschwanz verwandelt. Ich verstehe bis heute nicht, was er sich wohl gedacht hatte, als er aus dem Auto stieg. Schau mal, schon wenn ich nur daran denke, beginne vor Aufregung zu zittern. Das bedeutet ja wohl, Savaş, dass ich noch gar nicht dermaßen tot bin.

Was würdest du tun, Savaş, wenn uns heute dasselbe passierte? Würdest du dich wieder mit der Gitarre, gekauft mit Geld, das du dir zwei Jahre lang vom Mund abspartest, auf den Kerl stürzen? Ich kenne dich in- und auswendig: Wenn du diesen Abend hundertmal durchlebt hättest, du hättest dem Kerl deine schöne Jackson Warrior neunundneunzigmal in die Knie geschlagen, sie ihm aber beim hundertsten Mal über den Kopf gezogen. Du wärst auf jeden Fall in diesen Kampf eingestiegen, du hättest diese Gitarre auf jeden Fall in Stücke geschlagen. Aber das ist auch logisch! Schließlich haben noch nie in der Menschheitsgeschichte die Namen einer Gitarre und ihres Besitzer so schön zueinander gepasst, Jackson Warrior und Savaş.

Aber ich sprach von Träumen, wie bin ich auf dieses Thema gekommen?

Aus dem Felstunnel, durch den wir mit den Frauen gelaufen sind, kommen wir in ein kleines Küstenstädtchen, an der Ägäis vielleicht oder am Mittelmeer.

Du beginnst zu rennen, so schnell du kannst. »Kommt!«, rufst du von vorne, »es ist dort, gleich hinter dem Wäldchen.«

Ohne zu fragen, was hinter dem Wäldchen ist, laufen wir dir nach.

Wo sich die Bäume lichten, sehen wir an einer tiefblauen Bucht ein verkommenes Gebäude stehen.

»Endlich habe ich es gefunden«, sagst du.

Als ich verstehe, was du sagen willst, fange ich zu lachen an.

In eben diesem Augenblick macht der Traum einen Zeitsprung, und es ist ein paar Monate später.

Wir haben in dem eben noch heruntergekommenen Haus ein Lokal namens »Schwamm« eröffnet. Drinnen haben wir ein riesiges Aquarium voller bunter Fische aufgestellt. Es läuft »Child in time« von Deep Purple, voll aufgedreht. Überall spazieren interessante Leute herum, jeder hat Hunderte merkwürdiger Geschichten zu erzählen. Eine lärmende Wolke dichten, gemütlichen Plauderns umgibt uns. Ab und zu hört man kurzes freudiges Auflachen. Einige lachen aus so vollem Hals, dass im Vergleich dazu die ganze Welt hässlich scheint. Aber das ist kein Problem, solches Lachen passt an diesen Ort. Denn er ist unverfälscht schön, mit Luxus hat das nichts zu tun. In alten türkischen Filmen gibt es doch diese schummrigen Hafenkneipen, in denen meistens Kadir Savun der Wirt ist. An den Wänden hängen Fischernetze. An so einen Ort erinnert dieses Lokal, es ist keine Spelunke, eher etwas für junge, unbeschwerte Leute.

Die Wände entlang haben wir große Schwämme aufgereiht, in den Ecken gelbe, rote und blaue Korallen, die an Gehirn oder Gedärm erinnern. Über die Flaschen an der Bar haben wir, wie bei Hemingway, einen selbst gefangenen langen Schwertfisch mit einem sehr langen Schwert aufgehängt. Wir haben kleine Holztische rausgestellt, mit Blick auf den Strand. Neben dem Eingang liegt ein riesiger Anker, von dessen Spitze ein rostiges Schild baumelt. Wenn ich rostig sage: Wir haben es nicht aus Faulheit so belassen, sondern weil es uns so gefällt.

Kurz und gut, ein wundervoller Traum. Alles ist so schön wie in den Jahren, in denen wir noch Musik gemacht haben. Wie könnte es da nicht traumhaft sein? Stell dir vor, ich habe noch keinen dicken Bauch, deine Haare sind noch nicht ausgefallen, in unseren Hosentaschen tragen wir weder Portemonnaie noch Telefon, es sind die Jahre, in denen wir frei sind, ohne es zu wissen. Ein Päckchen Winston pro Tag reicht nicht, um unsere Lungen zu teeren. Wir haben Arme wie Popeye, wenn wir zuschlagen, knallt es. Wir haben noch nicht begonnen, Sätze zu bilden, die mit »früher« beginnen. Wir sind jung. Wir sind so jung, dass wir die Welt noch nicht lieben.

Jedenfalls habe ich, als ich gestern Nacht plötzlich aufwachte, etwas verstanden: Wir lebten so wunderbar damals, dass es Stoff für Träume ist. Jetzt leben wir mitten in einem Albtraum. Du pflegtest immer zu sagen: »Das Zündhölzchen, das wir Zivilisation nennen, lässt die Menschen das Feuerzeug vergessen«, aber alles ist noch viel schlimmer: Vergiss das Zündhölzchen, wir haben uns selber vergessen.

Lieber Freund, bevor ich noch mehr vergesse, lass uns so schnell wie möglich ein Treffen organisieren. Komm, wir sagen Erkan und Ümit Bescheid und kippen ein paar Bierchen zur Erinnerung an die alte Gruppe. Womöglich kommen wir sogar dazu, ein bisschen Musik zu machen. Was meinst du?

In fünf Minuten beginnt die Sitzung, ich muss los.

Mach's gut! Frohes Schaffen.

Deniz Özcan
TerraNova Group AG
Stellvertretender Produktionschef
Umweltschutz geht uns alle an. Bevor Sie diese E-Mail ausdrucken,

denken Sie an die Natur. Diese E-Mail und ihre Anhänge enthalten vertrauliche Information. Das Kopieren von Inhalten dieser E-Mail und die Weitergabe von Informationen sind ohne unsere ausdrückliche Genehmigung nicht gestattet.

Sollten Sie nicht der beabsichtigte Adressat sein und diese E-Mail irrtümlich erhalten haben, löschen Sie sie bitte sofort. Unser Unternehmen übernimmt keine Garantie für die Richtigkeit und Vollständigkeit der Angaben in dieser E-Mail. Aus diesem Grund ist es auch in keiner Weise verantwortlich für den Inhalt oder für weitergeleitete, zitierte oder verborgene Inhalte. Auffassungen des Verfassers dieser Nachricht decken sich nicht notwendigerweise mit Auffassungen unseres Unternehmens.

DER FARBENFÄCHER

Vor Einsamkeit und Langeweile habe ich meine Nägel
mit Lack zum Glitzern gebracht,
jetzt sehn sie aus wie der Entwurf einer sternenklaren Nacht.
DIDEM MADAK

Ein aschfahler Abend brach über Bostancı herein. Mit Höchstgeschwindigkeit brauste ein Maserati Gran Turismo durch die Straße. Der Motorenlärm ließ die Fensterscheibe, die einmal pro Woche mit Zeitungspapier geputzt wurde, klirren. Nachdem das Dröhnen draußen eine Weile hin und her gewogt war, drang es in die Wohnung ein, breitete sich über den Usambaraveilchen, den Heizkörperlamellen, auf dem Couchtisch aufgehäuften Modezeitschriften und den flackernden farbigen Kerzen im ganzen Wohnzimmer aus, um sich schließlich in dem mit bunten Dreiecken bedruckten Teppich zu verlieren.

Ceren stieg aus der Wanne und rief: »Jülide, ich würde mal sagen, ich nehme heute Abend meine roten Ohrringe.« Sie beugte sich vornüber und begann, ihr Haar mit beiden Händen wie ein dünnes Handtuch auszuwringen. »Außerdem passt rot gut zu schwarz«, meinte sie. »Ich ziehe das schwarze rückenfreie Kleid an. Das dir auch gefällt.« Sie richtete sich auf und warf den Kopf nach hinten, nahm das violette Handtuch mit den aufgedruckten Dornenzweigen vom Haken und wickelte es sich sorgfältig um

77

den Kopf, als ob sie sich tatsächlich eine Dornenkrone aufsetzte. Im Vergrößerungsspiegel inspizierte sie ihre Augenbrauen. Sie waren ebenmäßig. Danach betrachtete sie im Ganzkörperspiegel ihren Rücken. Er war makellos glatt. Als sie den Bademantel anzog, bemerkte sie, ohne eine Antwort zu erwarten: »Jülide, weißt du eigentlich, dass manche Leute meinen Rücken schön finden?« Ihre Frage vermischte sich mit dem Motorengeräusch des roten Yamaha R6, der draußen auf der Straße vorbeifuhr. Wieder vibrierten die Fensterscheiben.

Aber Jülide hörte nicht, was Ceren sagte. Sie saß völlig versunken am Fenster und beobachtete ein Motorrad, das sich durch die Autokolonnen schlängelte. Dann schweiften ihre Augen zu den Möwen, die etwas weiter vorne von einem Dach flogen. Nachdem sie in der Luft ein paar Runden gedreht hatten, flogen sie hinter den Häusern zum Meer hinab. Jülide gähnte gelangweilt. Ihr Blick kreuzte sich mit dem eines Mannes im Gebäude gegenüber. Der Mann lächelte und zeigte dabei seine weißen Zähne wie die glücklichen Familienväter in der Signal-Zahnpasta-Werbung es tun. Im selben Augenblick umarmte ihn von hinten eine lachende blonde junge Frau. Der Mann lachte noch mehr und zog den Vorhang zu, wobei er Jülide aus den Augenwinkeln beobachtete. Der Vorhang schwang eine Weile lang hin und her, zusammen mit dem süßen Leben, das sich dahinter verbarg.

Ceren lief vom Bad ins Schlafzimmer und hinterließ im Korridor eine nasse Fußspur. »Deniz hat mein Hals gefallen!«, rief sie und murmelte dann wie zu jemandem in ihrer unmittelbaren Nähe: »aber ich weiß nicht, was das soll, der ist ja wie ein Vampir. Die ganze Zeit hat er an mir herumgesaugt und Spuren hinterlassen, total nervig. Er ist schuld, dass ich Halstücher hasse.«

Sie kramte in der Schminkschatulle vor dem Spiegel. Die Nagellackfläschchen klackten aneinander. Kobaltblau? Oder rostrot? Eigentlich passt schwarz auch. Wenn sie jetzt ihre Mutter wäre, hätte sie sich wie immer für sauerkirschrot entschieden. Ihre Mutter fand diese Farbe eigentlich immer und überall fantastisch, außer an angematschten Sauerkirschen. Alles war sauerkirschrot in ihrer Wohnung, die Sessel, die Nachtvorhänge, die Teppiche und das Essgeschirr, ebenso ihr Auto, ihre Schuhe und ihre Handtaschen. Sogar ihr Haar!

Cerens sauerkirschrotes Handy begann im Wohnzimmer zu vibrieren. Jülide lief neugierig zum Couchtisch und schielte aus den Augenwinkeln drauf. Einen Moment schien sie es sich schnappen zu wollen, aber sie unterließ es. Als das Telefon verstummte, ging sie zum Fenster zurück und lehnte den Kopf an die Scheibe: Auf der Straße unten lief ein alter Papier- und Kartonsammler mit seinem dreibeinigen, aschgrauen Hund vorüber. Der Papiersammler blieb stehen, als fühlte er, dass er beobachtet wurde, und nachdem er sich umgesehen hatte, zündete er sich im Windschatten seiner Kartons eine Zigarette an. Als er den ersten Rauch einzog, verloren sich seine Augen in den Himmel. Jülide wendete sofort den Kopf ab, als habe sie etwas Unanständiges beobachtet, und schaute stattdessen einem indigoblauen Subaru Impreza nach, der mit Höchstgeschwindigkeit durch die Straße fuhr. Auf Balkonen gereihte Blumentöpfe, an Fassaden schaukelnde Tafeln, Licht von vor Tausenden von Jahren verblichenen Sternen, all dies blitzte kurz auf der polierten Karosserie des Impreza auf. Wie der Blitz fuhren nochmals zwei Autos und vinn vinn vinn drei Motorräder vorbei. Ununterbrochen zitterte die Scheibe, aber auch Ceren sprach ohne Unterbrechung: »Wir haben uns gestern im Asmalı kennengelernt. Wenn du ihn siehst, wird er dir ganz sicher gefallen. Echt ein süßer Junge.« Während sie den kobaltblauen Nagellack aufschüttelte, fuhr sie fort: »Wie er spricht und so, das ist mal wirklich was anderes. Und er ist überhaupt nicht eingebildet. Wie soll ich sagen, er hat Ausstrahlung, echt sympathisch.«

Jülide durchquerte den Korridor und ließ sich in einem Sessel nieder, wo sie sich taub stellte. Fast im selben Moment setzte sich Ceren auf das orthopädische Doppelbett und spreizte die Finger. Sie begann den Nagellack sorgfältig aufzutragen und erzählte weiter: »Ich glaube, er ist in der visuellen Kommunikation oder so etwas.« Sie streckte die linke Hand aus und betrachtete ihre frisch lackierten Nägel: »Ich hatte diese fuchsiafarbenen Metzgerschuhe an. Wir sind so schnell gelaufen, dass wir auf dem Heimweg gar nicht richtig sprechen konnten.« In ein, zwei drei Strichen bemalte sie sich den Nagel des Zeigefingers. »Sie waren eine absolute Qual, die ziehe ich nie mehr an. Wie schön für dich, dass du nie solche Probleme hast.«

Ceren hatte beim letzten Satz ihre Lippen dermaßen verzogen und so weinerlich gesprochen, dass Jülide aufmerksam wurde. Was für Probleme … Offenbar gab es verschiedene Probleme, solche und solche. Gab es demnach auch verschiedene Nicht-Probleme? Weil sie keine Probleme hatte, schloss Jülide träge die Augen, denn in diesem Haushalt waren alle Probleme Cerens Probleme. Es gab zum Beispiel ein Problem namens Sauerkirschrot, sowohl die Anwesenheit wie die Abwesenheit von Sauerkirschrot war ein Problem. Dieses Sauerkirschrot kam Hand in Hand mit materiellem Überfluss, Zigarettenrauch und innerer Unruhe. Es kam und ging nicht wieder, irgendwie.

Durch die Balkontür wehte ein Wind, der nach Bratkartoffeln, Abgasen, Fisch, Algen und Jod roch. Die Flammen der Kerzen auf dem Couchtisch flackerten auf. Gleich darauf verbreitete sich stechender Geruch im ganzen Wohnzimmer. Jülide riss die Augen auf. Ceren war ins Wohnzimmer gekommen. Sie hatte ihre frisch lackierten Hände nach oben abgewinkelt und schwenkte sie wie eine Parkinsonkranke. »Er hat es auch auf Facebook gepostet, ich zeige es dir gleich, mein Nüsschen«, sagte sie, während sie Jülides seltsame Sitzhaltung betrachtete. Sie bewegte ihre Finger, als spiele sie Klavier. »Alles an ihm ist wirklich okay«, sagte sie und schwieg einen Moment, »aber sein Name ist Ferruh, meine Liebe! Was ist denn das für ein Name, der Name seines Opas etwa?«

Jülide richtete sich im Sessel auf, als ob sie größer wirken wollte, als sie war. Sie wollte gerade den Mund öffnen, als sie in die Reflexionen der Fensterscheibe eintauchte: darin gab es eine andere Jülide, eine andere Ceren und viele sauerkirschrote Sessel, dazwischen flossen halbdunkle Zimmer ineinander, in denen es gelbe Lampen, milchblaue Vorhänge und rußig graue Wände gab, und es schien, als ob dieses ganze Durcheinander, das vor Straßenlärm vibrierte, jeden Augenblick zerspringen könnte.

Gerade als Ceren ihren Satz mit »ist aber ein netter Junge«, beendete, begann auch noch das Handy auf dem Couchtisch von neuem anzuschlagen.

Ceren betrachtete kurz ihre kobaltblauen Fingernägel, die zu trocknen begannen, griff sich das Telefon, soweit das möglich war, ohne die Finger zu bewegen. Sie murmelte: »Mama« mit einer Stimme, so grau wie eine Stimme nur sein konnte, und nahm das Gespräch mit »hallo Mami« an. Während sie den Sätzen zuhörte, die sie erwartet hatte, trat sie ans Fenster.

»Ich war im anderen Zimmer, ich habe es nicht gehört.«

»...«

»Ich hatte es im Unterricht auf lautlos gestellt, Mami.«

»...«

»Es läuft gut.«

»...«

»Bis zu den Abschlussprüfungen dauert es noch einen Monat, Mutter.«

»...«

»Nein, mach dir keine Sorgen, ich passe auf.«

»...«

»Ich habe noch nicht gegessen. Ich hole mir draußen etwas.«

»...«

»Ich treffe mich mit einem Freund.«

»...«

»Nein, du kennst ihn nicht.«

»...«

»Natürlich werde ich ihn dir vorstellen. Vielleicht wird Jülide ihn heute kennenlernen.«

»...«

»Ja ... Ach erzähl doch keinen Quatsch!«

»...«

»Mutter ...«

»...«

»Letzte Woche habe ich mich mit Vater getroffen.«

»...«

»Ja, hatte er. Ob es dieselbe Frau ist, weiß ich nicht.«

»...«

»Hübsch. Ziemlich jung.«

»...«

»Nein, nicht jünger als ich, Mensch Mama! Jünger als du.«

»…«

»Er hat mich nicht gefragt.«

»…«

»Okay, ich werde es ihm so sagen.«

»…«

»Okay, ich darf mich nicht verspäten, ich treffe mich mit einem Freund.«

»…«

»Mach ich, Mama. Ja, ich melde mich.«

»…«

»Ich dich auch, Mama. Ich küsse dich sehr!«

Was soll das denn bedeuten: »Ich küsse dich sehr«? Dreimal vielleicht? Oder gilt einmal lang auch als »sehr«? Müssen »Sehr-Küsse« feuchter sein oder mehr durchrütteln, eher so wie Küsse am Ende eines Films. Und wenn, dann hatte sie ihre Mutter womöglich noch nie »sehr« geküsst. Und Ferruh? Wie würde der wohl küssen? Sehr?

Feuchte Lippen, schlüpfrige Zungen und stachlige Oberlippenbärte gingen durch Cerens Kopf, blieben aber nirgendwo hängen. Unterschiedliche Sorten von Küssen breiteten sich auf ihren Lippen, Wangen, Augenbrauen, Füßen und auf ihrem Rücken aus. Der letzte legte sich auf ihren Hals, auf einen blauen Knutschfleck, der schon am Schwinden war. In diesem Moment sagte Ceren: »Mochtest du eigentlich Deniz?«, und während sie durch den Korridor ging, stellte sie fest: »Er mochte dich ja eigentlich nicht so.«

Jülides Pupillen schwollen an und verwandelten sich in zwei alles verschluckende schwarze Löcher, in denen Cerens Schritte im Flur und das Wogen des Morgenmantels verschwanden.

Ceren betrat das Schlafzimmer.

Vuuuuuuuuuuuuuuuuuuuuu!

Das Geräusch des Föhns erfüllte die Wohnung. Jülide hasste es, wenn Ceren dieses Ding stundenlang laufen ließ. Es fühlte sich an, als arbeiteten sich zwei Bohrer gleichzeitig durch ihre beiden Ohren vor in Richtung Gehirn. Genervt erhob sie sich langsam aus dem Sessel. Genauso langsam begab sie sich auf den Balkon. Sie betrachtete die Fenstervorhänge im Haus gegenüber, die blassgelben Zimmer, die Schatten in den Zimmern, die größer und wieder kleiner wurden und miteinander verschmolzen. Lichter gingen an und gingen aus, Vorhänge bewegten sich. Unten fuhren Autos vorbei, sodass die Fensterscheiben zitterten und die Nippes aus Porzellan neben dem Fernseher leise klirrten. Irgendwo briet jemand panierten Fisch, Möwen landeten auf Balkongeländern, schallendes Gelächter war zu hören, tocktocktock schlugen Löffel an festsitzende Einmachglasdeckel. Jülide kam ganz nah ans Geländer. Der Himmel war still und regungslos, unten blinkten und glitzerten Lichter.

Der Föhn verstummte.

Zwischen ihren gebauschten Haaren rief Ceren: »Und seine Augen waren eisblau, Jülide! Nicht wie verwaschene Jeans, sondern leuchtend blau.« Sie warf ihren Bademantel aufs Bett. Mit einer aufgesetzt kindlichen Stimme fügte sie hinzu: »Naja, ich weiß ja auch nicht, vielleicht sind sie sonst ja blass, aber als er mich gesehen hat, haben sie angefangen zu leuchten?« Sie lächelte vielsagend.

Dann öffnete sie die Schublade mit der Unterwäsche. Agent Provocateur? Zu draufgängerisch. La Perla? Vielleicht. Carine Gilson? Möglicherweise. Ihre Hände wanderten zwischen vielleicht und möglicherweise hin und her. Schlussendlich entschied sie sich für die schwarze La Perla. Schlicht war gut. Sie stand auf. Ein spiralförmiger Schatten glitt über ihre Zehen, ihre Ferse, die Knie und ihre Hüften. Als sie den Rand ihrer Unterhose glatt zupfte, überlegte sie, ob wohl jemand jemals dieses Muster bemerken würde. Wahrscheinlich bemerkt es niemand, wird niemand es bemerken. Vielleicht hatte es Jülide bemerkt, ja, vielleicht. Ceren hingegen bemerkte immer alles, sie nahm Farben wahr, Muster, gelbe Flecken, von Javelwasser ausgebleichte Stellen, abgenutzte Ecken, Risse, Flicken, verkehrt getragene Strümpfe, falsch zugeknöpfte Blusen, verdreckte Manschetten, Tintenflecken, die am Grunde der Taschen in Kleidungsstücken erblühen, alles.

Ceren heftete ihren Blick auf die schwarze Parfumflasche vor dem Spiegel: Bulgari Jasmin Noir. Sie kannte sich mit Düften nicht schlecht aus. Zum Beispiel dieses Parfum: Obwohl ihre Mutter steif und fest das Gegenteil behauptete, roch es nicht weiblich, sondern altmodisch. Wenn alle Parfums sich eines Tages in eine Farbe verwandeln würde, Jasmine Noir würde mit Sicherheit sauerkirschrot.

Oder Prada Candy? Nein. Jedes Mal, wenn sie die Flasche sah, erinnerte sie sich wieder an Deniz' Spruch: »Hast du dir wieder dieses süße Zeug angestrichen?« Dieses süße Zeug. Immerhin hatte er bemerkt, dass der Duft süß war. Weiter war er nicht gekommen, dieser Idiot. Sie seufzte lange und genervt. »Sag mal, Jülide«, rief sie in Richtung Wohnzimmer, »warum magst du eigentlich kein Parfum? Komm doch mal her, ich kann mich nicht entscheiden, das sollten wir diskutieren!« Augenblick mal. Sie hielt inne und zog ihre Hand von den Flaschen zurück. Wenn man sie gefragt hätte, wären es ein paar Minuten gewesen, tatsächlich aber lauschte sie volle siebzehn Minuten, derweil sie sich auf die Unterlippe biss, auf die vorbeifahrenden Autos, die sie vom Wohnzimmer her hörte. Zum Schluss nahm sie die Parfumflasche von ganz hinten und sprühte sich davon auf den Hals. Fist fist fist. So, geschafft. Sie hatte sich vom Hals bis auf die Schultern mit Duft von Jasmin, Patschuliblättern und Zitronenblüten überschüttet. Fan di Fendi. Sollte doch jeder sagen, was er will, für heute Abend war das die beste Wahl.

Gerade als sich die Parfumwolke auf Cerens Haut ausbreitete, kam von der Straße her ein quietschendes Bremsgeräusch hoch, gleich darauf ein paar Hupstöße. Alle Geräusche zusammen reflektierten hin und her, von Hauswand zu Hauswand und verloren sich dann im Himmel.

Der Rest ist einfach, dachte Ceren und zog sich das rückenfreie Kleid an. Mit einem Kontrollblick begutachtete sie ihren Rücken im Spiegel, auf der Schulter war eine Ecke der verblassten Schmetterlingstätowierung sichtbar. Wegen der Tätowierung hatte sie sich zum ersten Mal so richtig mit ihrer Mutter gestritten. Natürlich war es nicht um den Schmetterling gegangen, sondern darum, dass Serhat alle mit derselben Nadel tätowiert hatte. Hatte er die Nadeln überhaupt einmal gereinigt? Nur der Paranoia ihrer Mutter wegen hatte sie sich schon vor Jahren, voller Scham und Angst, verschiedenen HIV-Tests unterziehen müssen. Sie war damals sechzehn gewesen, dass sie immer noch lebte, musste ja wohl bedeuten, dass doch einer die Nadeln gereinigt hatte.

Sorgfältig band sie ihre Haare so zusammen, dass es wie achtlos wirkte.

»Der leicht zerzauste Haarknoten: frei, sexy und dynamisch!«
HARPER'S BAZAAR, MÄRZ-AUSGABE

Sie näherte sich dem Spiegel, spannte die Lippen und zog mit dem Lippenstift eine klare Kontur.

>*Chanel Le Crayon Lèvres: Der makellose französische Kuss!*«
Marie Claire, Mai-Ausgabe

Burgunderrot, Malachitgrün, Türkis, Elektrischblau, Violett, Safrangelb, Garibaldirot, Zuckerpink, Rosenrot, Senfgelb, Feuerrot, Weinrot, Pfirsichfarben, Karminrot, Dunkelbordeaux, Schwarz … in Gedanken zählte sie verschiedene Farben auf und dachte darüber nach, welcher Farbe wohl seine Küsse wären. Sie öffnete ihre Schminkschublade und nahm den bordeauxfarbenen Schminkstift vorsichtig mit spitzen Fingern heraus. Sorgfältig malte sie sich die Lippen an, als fülle sie ein offizielles Formular aus, von dem man ihr nur ein Exemplar ausgehändigt hatte. Dann rieb sie die Lippen gegeneinander, zog sie sie nach innen und schob sie heraus.

>*Bobbi Brown: Für die, die jederzeit besonders sind.*«
Style.com

Mit kleinen Bewegungen gab sie ihrem Werk den letzten Schliff. Nach Ansicht ihrer Mutter war dieses Make-up ein »Hallo, hier bin ich«, nach Ansicht der Fachwelt ein »natürlicher Look«.

>*Mit einem natürlichen Make-up sind Sie frisch wie der Frühling und schön wie der Sommer.*« Elle, Juli-Ausgabe

Cerens Telefon vibrierte. Eine SMS. Der große Sommerrabatt von Turkish Airlines hatte begonnen. Sie löschte die Nachricht und stellte den Lautlos-Modus aus. Dann warf sie einen Blick auf ihren Twitter-Account, teilte eine Message mit dem Label: »#Schenk-MineeinLeben« mit ihren 7446 Followern. 312 Personen sahen die Nachricht. Und einer von denen, der sie gesehen hatte, rettete fünf Tage später das Leben der kleinen Mine. Mine sollte noch weitere siebenundzwanzig Jahre sehr glücklich leben, bis sie sich eines schönen Sommertages auf der Straße nach Olympos mit ihrem Liebsten im Straßengraben überschlagen würde.

Ceren schob mit dem Fuß den Pilatesball auf die Seite und rief: »Jülide!« Sie hüpfte auf den Zehenspitzen den Korridor entlang, breitete die Arme aus und schwebte wie eine Ballerina ins Wohnzimmer. »Und, wie sehe ich aus? Wer ist die Schönste im ganzen Land?« Es kam keine Antwort. Der Sessel war leer. Durch den Autolärm hindurch rief sie: »Jülilein? Los, komm, ich muss gleich los. Schau, bin ich hübsch oder nicht?« Schnell verließ sie das Wohnzimmer und schaute im Gästezimmer nach, in dem ihre Mutter bei jedem Besuch wohnte. Das Zimmer roch noch immer nach Zigaretten. »Jülide, wo bist du?«, rief sie ungeduldig. Kein Mucks. Sie suchte überall, in der Küche, im Schlafzimmer, im Bad. Jülide war nirgends.

»Jetzt komm schon, Jülide!«, rief Ceren, als sie wieder ins Wohnzimmer zurückkehrte. Mitten in dem senfgelben Dreieck auf dem Teppich, der an ein Gemälde von Kandinski erinnerte, blieb sie stehen. Sie hätte auch auf der Türschwelle oder vor den violetten Usambaraveilchen stehen bleiben können, aber in eben diesem Moment fühlte sie den Windstoß, der sie durcheinanderbrachte. Knarrend bewegte sich die Balkontür. Spontan flammte in Ceren der Drang auf, den Gedanken zu leugnen, der in ihr hochkam, und ein Schauer der Paranoia prasselte auf sie nieder wie Regen. Es war, als kröche ein riesiger Regenwurm aus ihrem Gehirn nach unten, zwischen ihre inneren Organe. Seit der Grundschulzeit hatte sie es gehört: Regenwürmer sind die Bauern dieser Welt. Sie mussten also gut sein, wo es sie gab, war nichts Böses. In Panik trat sie auf den Balkon hinaus. Dort war Jülide auch nicht. Bei den Korbstühlen begann ihr Puls zu rasen. Langsam näherte sie sich dem Abgrund, mit beiden Händen umklammerte sie das Geländer, es war kalt wie Eis. Der Satz: »Und wenn sie heruntergefallen ist?«, löste sich aus einer Ecke ihres Bewusstseins und ging ihr durch den Kopf, sie versuchte, ihn nicht zu hören. Ihre Hände waren so kalt wie das Eisengeländer, doch ihre Handflächen schwitzten. Im Hals bildete sich ein Kloß, ihr Mund war plötzlich trocken. Aus dem Bauch stieg eine heiße Welle zu ihrem Brustkorb auf. Nein! Nein! Nein! Bitte nicht! Sie darf nicht hinuntergefallen sein! Sie schloss die Augen und lehnte sich ein bisschen nach vorn über das Geländer, hatte aber nicht den Mut, die Augen zu öffnen. Sofort zog sie sich wieder zurück.

Der Gedanke, ob Jülide hinuntergefallen oder ob sie selber gesprungen sei, drehte sich in Cerens Kopf, als es an der Türe läutete.

Ganz kurz.

Dring.

Das Klingeln war kurz und abgehackt, wie das eines schüchternen Mannes, der schon bei der Frage, wer er sei, ins Schwanken kam. Und trotzdem gelang es Ceren, diesen feinen Ton durch den ganzen Lärm hindurch wahrzunehmen.

Das zweite Läuten war mutiger.

Driiiiing!

»Ich weiß, dass du da bist«, sagte der Klang und setzte die Stille unter Spannung. Ceren rannte in Strümpfen über Parkett, Marmor und weichen Teppich zur Tür.

Das dritte Läuten war respektlos, sogar wütend.

Drrrriiiiiiiiiinnnnnggggg!

Als das Läuten sich im Wohnungseingang verlor, schob Ceren den Riegel beiseite und drückte die Klinke nach unten. Mit einem Klicken verließ die Türfalle den Schlitz aus Stahl, in dem sie sich befunden hatte. Als die Tür zur Hälfte offen stand, erlosch das automatische Treppenhauslicht und ein Mann hustete im Dunkeln. Es war ein alter, verwahrloster, nach Alkohol riechender Husten.

Cerens Gedanken waren so durcheinander, das verwirrte sie weiter, jetzt verstand sie überhaupt nichts mehr. Ohne eine Beunruhigung zu spüren, eigentlich, ohne überhaupt etwas zu spüren, öffnete sie die Tür jetzt ganz. Irgendwo tief in ihr schrie ihre Mutter: »Öffne nie einem Fremden die Tür, ohne zu fragen, wer er ist!« Sie sagte sowieso nie etwas, ohne zu schreien.

Ceren erkannte die Gerüche sofort. Sie zählte sie auf: gefüllte Muscheln, Kokoreç, Zigaretten, Alkohol und Schweiß. Angeekelt rümpfte sie die Nase und betrachtete die Silhouette ihres Gegenübers. Die Gesichtszüge des Mannes ließen sich im Dämmerlicht nur knapp ausmachen. Sein Bart war schmutzig, die Augen pechschwarz. Mit letzter Anstrengung suchte Ceren in seinem Gesicht nach bekannten Zügen. Sie versuchte ihn so freundlich anzuschauen, wie sie den Hauswart Muharrem oder den Wasserträger mit den bunten Augen ansah, aber es gelang ihr nicht. Ihre Knie begannen zu zittern, ihre Augen weiteten sich vor Angst.

Sie stellte sich vor, wie sich der Bobbi-Brown-Lippenstift, den sie im Ausverkauf gekauft hatte, auf dem nikotingelben Schnauzbart verschmieren würde. Der stechende Zigarettengeruch würde das Fan di Fendi sicher gleich überdecken, der dreckige Bart sich an ihrem Hals, ihren Wangen und ihren Leisten reiben. Die

Spiralmuster ihrer Unterwäsche würden zerfetzt, Hände mit grünen Fingernägeln würden darüberstreichen. Und dann würde sie sich aller nicht geöffneten Türen, nicht angenommenen Telefonanrufe und fälschlicherweise gelöschten Nachrichten erinnern. Oder nein, warte, es käme anders. Der Mann würde sie ins Innere der Wohnung stoßen. Ihr Rücken würde an die Wand knallen, das Telefon ihr aus der Hand fallen. Erst schlüge die Ecke des Telefons auf den Boden, dann das Display. Es würde von der unteren Ecke bis in die Mitte zerspringen. Ihre Mutter, ihr Vater, Jülide, Ferruh, Deniz, Serhat blieben sie dann alle zurück? Vielleicht sänke sie von der Wand auf den Boden, ihr Gesicht verdreht in Richtung des Pop-Art-Posters im Entrée. An der Stelle, an der sie jeden Morgen ihre Schuhe auszog, würde sie vergewaltigt werden. »Still, halt die Klappe! Keinen Mucks!«, würde der Mann schreien und ihr ins Gesicht schlagen. Ihre Vorderzähne würden eingedrückt werden, ihr Mund würde sich mit Blut füllen. Und im Augenblick der Ohnmacht würde sie auf der Faust des Mannes einen Kussmund aus Blut sehen, in einer Mischung von dunklem Bordeaux. Schwielige Hände würden sie an ihren platinblonden Haaren packen und sie krach! auf den Boden schlagen. Von ihrem Hinterkopf aus würde sich eine leicht schäumende, tief-, vielleicht auch weinrote Flüssigkeit von marmeladeartiger Konsistenz ausbreiten. Beim zweiten Schlag würde das fließende Blut mehr ins Rote spielen, und als ob es sagen wollte, dass jetzt alles fertig sei, zöge es einen feinen Bogen vom Korridor ins Wohnzimmer. Nach dem dritten Schlag würde es für Ceren keine Telefone mehr geben, die sie abnehmen, keine Türen, die sie noch öffnen könnte. Eine Woche später vielleicht würden sie an der Tür klingeln, die sie gerade eben ganz aufgemacht hatte. »Es stinkt, gnädige Frau!«, würde ein Mann rufen, und sie würde erneut nicht öffnen. Ein Schlosser, mehrere Polizisten und vielleicht der Hauswart Muharrem würden in die Wohnung stürzen, die Hände vorm Mund. Aber nein! Warum sollte alles im Eingang stattfinden? Der Mann würde sie an ihren Haaren packen und ins Schlafzimmer schleifen. Vielleicht dachte er nur an seine Bequemlichkeit, wie alle Männer es taten. Er würde den Schminkspiegel zerschmettern, die Schubladen ausleeren, die blauen, grünen, gelben, violetten, rosaroten, asphaltschwarzen, safrangelben, blutgussvioletten, knochenweißen, mordroten Nagellackfläschchen in alle Richtungen verstreuen. In seinem Kopf würden dunkel geschminkte, heitere Frauen lachen. Und davon würde er wütend. Und wie …

Ceren stellte sich vor, wie sie unter ihrem antiallergischen Kissen erstickte. Sie sah sich selber zu, wie sie versuchte, in der Dunkelheit unter dem Kissen die Augen zu öffnen, wie das feuchte Stück Stoff in ihrem Mund immer größer wurde, wie ihr der Speichel in Richtung Kehlkopf floss, wie ihre Arme ziellos fuchtelten und sie zappelnd erstickte Schreie ausstieß, sie fühlte Haarfetzen und Hautstücke, die unter ihren kobaltblauen Nägeln hängen blieben. Nein, so war es nicht, sie wusste, schon wenig später würde ihr Gesicht in einem verzerrten Zustand erstarren. Ihre Augen träten heraus, ihr Gesicht liefe blau an, ihre Zunge würde heraushängen.

»Ich werde jung, aber hässlich sterben!«, schrie es in ihrem Kopf. Nun, welche Toten waren schon schön? Und doch sind sie in der Erinnerung immer schön. Wenn schon, wer wird sich meiner erinnern? Meine Mutter sicherlich. Mein Vater, vielleicht? Vielleicht Jülide? Wo ist sie eigentlich? Wird sich Ferruh an mich erinnern? Ich kann mich glücklich schätzen, wenn er eine Träne vergießt, wir haben uns ja gar noch nicht richtig kennengelernt.

Und Deniz eventuell? Deniz … Ja. Bevor er sagt: »Jetzt ist die Hure also verreckt!«, eventuell wird er sogar für die Länge eines Augenblicks betrübt sein. Die Zeitungen werden nach meinem Ableben ein schönes Facebook-Bild von mir bringen, für eine Kurzmeldung auf Seite drei. Sie werden mich mit meinem glücklichsten Lächeln abbilden, zwischen dem Pärchen, das durch eine Kohlenmonoxid Vergiftung starb, und der Familie, die unter einem Lastwagen zerquetscht wurde. Welches Bild von mir werden sie wohl wählen? Zum Beispiel das, welches ich von mir auf dem Steg von Türkbükü habe machen lassen?

Was sieht der Mensch, wenn er stirbt? Gehen einem noch Fragen durch den Sinn, wenn man in diese ziellose, endlose Dunkelheit geschleppt wird? Werde ich mich sagen sehen: Was für ein süßes Ding, Jülide!, nur zum Beispiel? Kann ich überhaupt noch ein Wort sagen? Wenn dieser Mann zwischen seinen moosigen gelben Zähnen »mein Schätzchen, mein Liebling, du gottverdammte Hure«, hervorpresst, werde ich dann noch: »Nicht! Stopp!«, sagen könn…

Abrupt wurden die Gedanken unterbrochen, die Ceren durch den Kopf gingen. In den Armen des Mannes an der Tür bewegte sich ein haariges Ding.

»Entschuldigen Sie die spätabendliche Störung, gnädige Frau«, sagte der Mann mit einem schüchternen Gesichtsausdruck.

»Wie meinen Sie?«, Ceren schluckte.

»Die Katze ist vom Balkon gefallen. Der Mann an der Bar hat sie erkannt, das muss Ihre sein, Madame«, brachte er heraus. »Er wusste nur das Gebäude, aber nicht das Stockwerk, darum habe ich an allen Wohnungen geklingelt.«

»Jülide?«

»Ich weiß nicht, wie sie heißt. Jülide … Heißt du Jülide, mein Schatz? Schauen Sie, wie süß sie gerade geguckt hat, Madame.«

»Ja …«

»Mit einem Rums ist sie runtergefallen, aber auf alle Viere, eigentlich ist gar nichts passiert. Sie hatte Panik, einen Schock, sie ist durch die ganze Straße hin und her gesprungen!«, erzählte der Mann atemlos. »Meine Güte, ich konnte sie beinahe nicht einfangen, sie hatte sich unter einem Auto versteckt. Die Arme war total verängstigt. Ich habe ihr dann ein bisschen Wasser gegeben.«

»Ja, sie hatte sicher Angst!«

»Jülide, mein Kleines!«, der Mann streichelte ihr über den Kopf. »Wie sie wohl heruntergefallen ist, wahrscheinlich ist sie einem Vogel hinterher gesprungen. Wenn sie keine Katze wäre, wäre sie zehnmal gestorben, von so hoch oben.«

»Sicher wäre sie gestorben.«

»Naja, ist noch mal gut gegangen. Aber um Gottes willen passen Sie auf, dass sie nicht noch mal runterfällt.«

»Ja, mache ich. vielen Dank.«

»Bitte, gern geschehen, Madame«, sagte der Mann und lächelte. Seine Augen waren kohlrabenschwarz, die Zähne blendend weiß.

DIE DREI TODE DES PALASTBEWOHNERS

In diesem Zimmer hat er fünf Jahre gelebt. Fünf Jahre lang habe ich seiner Stimme zugehört. Am Anfang gab er keinen Mucks von sich. Ich erinnere mich, als wäre es gestern: In der Nacht, als er ankam und man ihn zur Gesundheitskontrolle führte, rutschte er aus und fiel mit der Schulter in die Glasfront eines Schaukastens. Er sagte nicht einmal au. Ich kam ihm sofort zu Hilfe. Eine spitze Scherbe hatte sich senkrecht in seine Achselhöhle gebohrt. Ich entfernte das Glasstück und fertigte aus einem Stück Gaze einen Wundverband. Einmal tat er, als ob er mir in die Augen schaue, aber in Wahrheit schaute er mich nicht an. Im Grunde genommen war das alles, was er tat, der Kranke Nummer Zwölf, dem wir später den Namen »Palastbewohner« gaben, nämlich: so tun als ob. Er tat, als ob er äße, als ob er schliefe, ginge, als ob er lebe. Das einzige Geräusch in seinem Zimmer war das Ticken der Wanduhr. Zuweilen wurde die unbewegliche Stille durch das Würgen einer Krankenschwester unterbrochen, das der intensive Eitergeruch auslöste.

Drei Monate später, in einer kalten Januarnacht, schlug im Wäldchen hinter dem Krankenhaus der Blitz ein. Alle Alarmanlagen fingen im gleichen Moment wie verrückt zu lärmen an. Wahrscheinlich gibt ein Atomreaktor, der gerade seinen letzten Atemzug tut, solche Geräusche von sich. Um nachzusehen, was geschehen war, trat ich in das Zimmer des Palastbewohners. Ich öffnete das Fenster und schaute auf die parkenden Autos hinab. Sämtliche

Scheinwerfer der Autos blinkten im Rhythmus ihrer Alarmanlagen. An den Fenstern der unteren Stockwerke standen noch ein paar Leute, die dieses bedeutungslose Ereignis zum Vorwand nahmen, um Luft zu schnappen oder zu rauchen. Jemand hinter mir rief einem Fahrzeugbesitzer, der sich unnötig Sorgen machte und im strömenden Regen zu seinem Auto rannte, zu: »Pass auf! Da ist ein Geist, Junge!«

Ich dachte, dass der neue Krankenpfleger, dessen größtes Vergnügen es war, die leicht zurückgebliebene Putzfrau auf den Arm zu nehmen, sich auch mit mir einen Scherz erlaubte, und tat, als hätte ich nichts gehört. Ich lehnte mich ein bisschen über die Brüstung. Mir fiel ein, wie meine Mutter immer sagte: »Lehn dich ja nicht vom Balkon, sonst zieht der Teufel dich hinunter.« Als ich sieben oder acht Jahre alt war, hielt ich mich nämlich gern am Eisengeländer des Balkons fest und lehnte mich dabei so sehr nach vorn, dass meine Füße in der Luft zu schweben begannen. Der Augenblick, in dem ich drauf und dran war, das Gleichgewicht zu verlieren und in dem ich mich ruckartig wieder zurücklehnte, verlieh mir ein unbeschreibliches Glücksgefühl. Noch viel mehr Spaß bereitete mir das gefährliche Spiel, wenn wir irgendwo zu Besuch waren. Sobald im Wohnzimmer das Klimpern der Teelöffel in den Gläsern lauter wurde und ich mich unbeobachtet wusste, ging ich sofort Balkonbaumeln spielen. Danach kehrte ich völlig außer Atem von der Erregung, gerade einer großen Gefahr entronnen zu sein, wieder zurück und aß mit den anderen Kindern Apfelkuchen.

Jener Fahrzeugeigentümer also, besessen vom Gedanken, seinem Fahrzeug sei etwas zugestoßen, ignorierte das Heulen Hunderter Alarmanlagen und kontrollierte sein metallgraues Auto von rechts und von links. Ich musste über die Dummheit des Mannes lachen, und meine Füße baumelten genau wie in meiner Kindheit ein wenig in der Luft. Als mein Kopf nach vorne pendelte, warf ich mich, um das Gleichgewicht halten zu können, mit aller Kraft nach hinten. Doch das nützte überhaupt nichts. Mir wurde klar, gewisse Spiele gehören in die Kindheit. Das war's also, sagte ich zu mir selbst. Der Teufel, vor dem mich meine Mutter immer warnte, wird mich gleich auf das Auto dieses neurotischen Spießbürgers schmettern. Ich akzeptierte, was kommen würde, und schloss die Augen.

Schon spürte ich den Wind in meinem Gesicht, da fasste mich eine kräftige Hand am Fußgelenk und zog mich kräftig nach innen. Ich wurde heftig zurückgeschleudert. Mein Kiefer schlug zuerst am Fensterflügel auf, anschließend am Boden. Mein Gehirn schwebte in meinem Schädel herum, als wäre es ein von mir unabhängiges Wesen. Die Welt um mich herum verschwamm. Ich lag am Boden, ohne mich zu rühren. Das Zimmer drehte sich um mich. Die Welt bestand aus weißen Fliesen, der weißen Decke, der gelben Glühbirne, dem Palastbewohner, weißen Fliesen, weißer Decke, gelber Glühbirne und wieder dem schreienden Palastbewohner: »Pass auf! Da ist ein Geist, Junge!«. Er tat, als schaue er in meine Augen. Die Krusten auf einer Seite seines kahlen Schädels hatten sich gelöst, aus den Wunden in seinen Wangen floss dunkelgelber Eiter. Seine Hautfarbe bewegte sich zwischen braun und bordeaux, sein Gesicht war voller gelber Pickel und rosaroter Bläschen, er war schweißüberströmt. Das Licht der Deckenlampe beleuchtete die Mitte seiner Stirn, sodass es schien, als habe er ein drittes Auge. Ich überlegte, ob dieser Mann womöglich ein unfähiger Balkonteufel war, der mich auf die falsche Seite gezogen hatte, dann jedoch gab ich einen Satz von mir, der mit diesen Überlegungen gar nichts zu tun hatte: »Was denn für ein Geist, Junge?«

Nach dieser regnerischen Nacht schwieg der Palastbewohner nie wieder. Wenn er wach war, schaukelte er hin und her und sagte fast im Minutentakt: »Pass auf! Da ist ein Geist, Junge!« Zuerst verlegten sie ihn von der Verbrennungsstation in die Psychiatrie. Sie fürchteten, er könnte aggressiv werden. Später wurde ich dann zum Privatpfleger dieses speziellen Patienten ernannt, weil ich derjenige war, dem es noch am besten gelang, mit ihm zu kommunizieren.

Ein paar Wochen später kamen zwei Journalisten vorbei, um über diesen geheimnisvollen Mann, der mein Leben gerettet hatte, einen Bericht zu schreiben. Sie machten Fotos von uns, wie ich lachend neben dem Palastbewohner saß, ihm Essen brachte, wie wir uns gegenseitig die Hand schüttelten und wie der Palastbewohner einen Strauß Nelken in der Hand hielt. Sie fragten mich, woher sein Name komme. Ich erzählte ihnen, dass er halbnackt am Strand von Sarayburnu angeschwemmt worden war. Da sein Körper so starke Verbrennungen aufwies, dachten seine Finder zuerst, er sei tot. Aber als er begann, Meerwasser zu erbrechen, brachten sie ihn sofort ins Krankenhaus. »Er wusste nicht, wer er war«, sagte ich, »anfangs nannten wir ihn den Sarayburnuer. Weil uns das zu mühsam wurde, kürzten wir es ab zu Saraylı, Palastbewohner.« Sie machten sich viele Notizen, wollten, dass ich ihm die Hand auf die Schulter legte und fotografierten uns mit Blitzlicht. Palastbewohners Augen waren geschlossen. Ich hatte unwillkürlich die Luft angehalten und eine künstliche Pose wie auf einem Hochzeitsbild eingenommen. Diese Körperhaltung war schrecklich, ich glich Orhan Gencebay, wie er in Habachtstellung vor dem Mikrofon stand. Ich wünschte, sie hätten uns in natürlicheren Positionen fotografiert.

Am nächsten Tag kaufte ich alle Zeitungen, um die Artikel lesen zu können. In keiner einzigen wichtigen Zeitung stand etwas über uns geschrieben. Am Ende fand ich unsere Geschichte in einer billigen Gazette, wie sie von einfachen Soldaten und zigarettenstummelrauchenden, gelbschnäuzigen Männern gelesen werden. Wir waren in der untersten Ecke der So-ist-das-Leben-Seite. Meine Hand lag auf Palastbewohners Schulter, mein Gesicht wirkte auf dem Bild seltsam starr. Palastbewohner tat, als ob er lächele, seine Augen waren offen. (Er hatte sie also erst nach dem Blitz geschlossen.) Der Titel lautete: »Die Treue eines Geisteskranken.« Sonst kamen wir in keiner Zeitung vor.

»Pass auf! Da ist ein Geist, Junge!« Eigentlich sagte er es aber nicht ganz genauso. Wir selbst hatten diesen Satz in seine unverständlichen Worte hineininterpretiert. Aber was hätte es denn sonst bedeuten können? Einige behaupteten, er sage: »Hey, was gibt's Neues?« als Bestandteil eines Satzes, dessen Anfang oder Ende nicht klar sei. Einige besserwisserische Doktoren behaupteten, sein Gespreche könnte Latein oder Griechisch sein. Ich hielt das für Blödsinn, der Palastbewohner war ein ganz normaler Türke, und er sprach Türkisch.

Im Leben des Palastbewohners gab es nichts außer der Befriedigung von Grundbedürfnissen. Dazu wiederholte er, als ob für ihn die Zeit nicht verginge, immer wieder diesen einen Satz. Wahrscheinlich war er in einem sehr schlimmen Moment gefangen und musste eine Art endloser Folter erdulden. Wer wusste schon, ob er ein ausgesprochen übler Kerl gewesen war, bevor er in diesen Zustand kam, oder ob er Familie und Kindern ein guter Vater gewesen war.

Seine Hände waren so vernarbt, dass es der Polizei damals nicht gelang, seine Fingerabdrücke zu nehmen. Sie konnten nicht herausfinden, wer der Palastbewohner eigentlich war. Nach dem ersten Jahr war er in den Augen aller zu einem ganz normalen Verrückten geworden. Er geriet in Vergessenheit. Wir beide gerieten in Vergessenheit. Ich konnte nicht verstehen, warum sich niemand dafür interessierte, wer dieser Mann war. Möglicherweise wurde er für mich so wichtig, weil ich überzeugt war, dass er mein Leben gerettet hatte, und ich ihn daher nicht ignorieren konnte, wie alle anderen es taten. Manchmal fand ich mich in der Kantine wieder, wo ich in meinen Teller starrte. Angeblich soll ich die Lippen bewegt und: »Passaufdaisteingeistjunge!« vor mich hingesagt haben. Jedenfalls erzählten sie es mir so. Offensichtlich war ich mit dem Verrückten auch verrückt geworden. Und die überstandene Lebensgefahr hatte mich wirklich erschüttert und traumatisiert. Es wäre sicher gut gewesen, ich hätte professionelle Unterstützung angenommen. Doch der Doktor hätte mir sowieso nur ein paar Medikamente verschrieben. Als ob ich solche Medikamente nicht kennen würde. Es mir war klar, was für ein Medikament ich brauchte: Die ganze Sache wäre für mich erst dann zu Ende, wenn ich herausgefunden hatte, wer der Palastbewohner war.

An dem Tag, als es in der Kantine grüne Linsen mit Reis gab, ich glaube, es war ein Donnerstag, schritt ich zur Tat, um meiner Neugier ein Ende zu setzen. Ich nahm seinen Satz mit einem kleinen Tonbandgerät auf. Denn ich war überzeugt, herauszufinden, was er wirklich sagte, wenn ich mir seinen immer aufs Neue wiederholten Satz anhörte und ihn auch anderen vorspielte. Von den Putzleuten spielte ich es zuerst Ismael vor. Er legte mich mit der Interpretation: »Passauf, daisteinringkämpfer!« auf die Matte. Dann entschloss ich mich, die Ärzte zu fragen. Lachend übergingen sie meine Bitte, mehrere schlugen mir vor, es Herrn Ferruh, dem Psychiater, vorzuspielen. Den Krankenpflegern war es vollkommen gleichgültig. Nur die Oberschwester verdrehte die Augen und sagte: »Mensch, lass doch diesen Quatsch!« Dann hielt sie eine Sekunde inne und flüsterte lächelnd: »Wahrscheinlich will er uns sagen: Pass auf, es gibt etwas, das ich weiß.« Wenn es das wirklich war, was der Palastbewohner sagte, würde ich wohl nie hinter dieses Geheimnis kommen.

»Passaufdaisteingeistjunge. Pass auf, er ist ein Geistjunge. Pass Geist Junge. Passauf. Daistein. Geisterjunge.« Monatelang habe ich mir diesen Satz angehört, nächtelang von ihm geträumt. Ich habe ihn in Hunderten von Versionen gehört, ihn Buchstabe für Buchstabe an die Wand meines Zimmers geschrieben. Alle Wörter habe ich Dutzende Male zerlegt, Buchstaben, die ich für überflüssig hielt, weggelassen, Teile, die ich falsch verstanden haben musste, variiert, neue Silben eingefügt, aber all das führte zu nichts. Meine Frau begann langsam zu denken, ich hätte in Wahrheit ein anderes, größeres Problem. Gab es eine andere? War ich entlassen worden? Nahm ich Drogen? Und alles wegen dieser Sätze, die keine Bedeutung hatten. »Satz, nicht Sätze, Meryem, Satz!« korrigierte ich sie. Sie bedeckte mit der Handfläche ihren Mund, eine Weile nagte sie an der Innenseite ihres Zeigefingers und begann dann zu weinen. Mit meiner sanftesten Stimme meinte ich: »Es ist ein einziger Satz, und wenn ich ihn aufzulösen vermag, ist alles in Ordnung.« Aus ihrem tiefsten Inneren kam ein Schluchzen und blieb in ihrem Hals stecken. Sie gab sich Mühe, es hinunterzuschlucken, und verließ weinend das Wohnzimmer.

Ich rückte die silberne Zuckerdose auf dem Couchtisch auf die Seite und hörte, wie in der Küche Haushaltspapier abgerissen wurde. Ihr Weinen wurde schwächer. Ich setzte mich auf das Ausziehsofa und stellte den Computer auf den Couchtisch. In der Küche wurde mit Tellern hantiert, das Wasser angestellt. Ich durchsuchte das Internet nach jeder Variante des Satzes, die mir einfiel. Dabei fand ich haufenweise nutzlose Informationen, über alles Mögliche, von einem kleinen indischen Dorf bis hin zu isländischen Volkssängern. In der Küche ging ein lautes Scheppern los. Meine Frau schrie: »Was ist hier schon in Ordnung, Mensch! Was heißt hier in Ordnung!« Hunderte Gabeln, Löffel, Messer und Teeglasrührstäbchen mit roten Enden ergossen sich aus der Schublade auf den Boden. »Und wenn du das Rätsel löst, was dann?«, Teeteller aus Plastik mit Goldrand flogen herum.

Meryem schrie, dass es von überall her widerhallte: »Alles super, was! Wie lange soll das noch so gehen?« Einer der heruntergefallenen Teller war bis in den Korridor gerollt und kreiselte nun auf den Fliesen. Da fühlte ich mich genau wie dieser Unterteller, ich drehte mich im Kreis. Mit dem Palastbewohner gemeinsam war ich in diesem einen Satz gefangen. Mir stellten sich die Haare auf, so, als sollte ich, mich kopfvoran über das Geländer hinunterbeugend, gleich abstürzen.

Ich fuhr den Computer herunter. Das Rauschen des Wassers in der Küche erfüllte die ganze Wohnung. Ich ging in den Korridor, der Teller auf dem Boden drehte sich noch immer. Vorsichtig, als berührte ich eine noch frische Wunde, hielt ich meinen Fuß daran. Der Teller stoppte. Ach, hätte mich doch auch einer auf die Art angehalten. Trrrrrrrp. Natürlich nicht mit Gewalt, ganz fein und nett. Schau mal, hätte diese Person gesagt, dein Satz, der bedeutet doch eigentlich Folgendes. Wir wären mit einem Glas Tee in der Hand dagestanden. Ich hätte innegehalten. Wir hätten gelacht. Die Sonne hätte unsere Gesichter beschienen. Es hätten keine spitzen Porzellanscherben aus Salzhaufen geragt. Du, Meryem, hättest nicht geweint, hinter dem Geräusch des kalkhaltigen Wassers versteckt. Was hätte ich dir wohl gesagt? Ich habe das Geheimnis des Satzes gelüftet! Danach wäre nicht gewesen wie zuvor. Alles wäre absolut perfekt gewesen.

»Ich gehe mal raus«, sagte ich.

Das Wasserrauschen stoppte.

»Es ist Nacht, und es windet. Zieh dir was an«, sagte sie.

Ich zog mir etwas über und ging hinaus in die windige Nacht. Der Mantel, den ich noch von meinem Vater hatte, roch nach Naphthalin. Ich zündete die letzte Zigarette aus der Manteltasche an. Rauch vermischte sich mit Naphthalingeruch. Zügig ging ich den Hügel hinunter zum Imbiss an der Ecke.

»Salih, gib mir sechs Bier bitte«, sagte ich »zwei davon dunkel!«

Hoffentlich ist alles in Ordnung mit dir, um diese Zeit, sagte er mit seinen Augen, den Rest sparte er sich. Salih sprach immer so, mit den Augen, und den Rest sparte er sich eigentlich auch immer. Als er den Kühlschrank öffnete, fragte er: »Alles Büchsen?«

»Ja, Büchsen sind gut. Und schmeiß mir noch ein Päckchen Samsung 216 dazu«, sagte ich.

Er schmiss sie nicht, sondern legte die Zigaretten ganz vorsichtig in die Einkaufstüte. Wie immer ließ er es gegen nichts und niemandem an Respekt fehlen und drückte mir die schwarze Plastiktasche dem verruchten Inhalt in die Hand. Ich lief zwischen ziegelgedeckten Häusern und Katzen, die im Müll wühlten, zum Strand hinunter. Der Wind ging ziemlich. Das Laub am Boden wurde in fremde Gärten geblasen, unter Bäume, zu denen es nicht gehörte. An dem Tag, an dem der Palastbewohner gekommen war, war es auch so windig gewesen. Ich vergrub meinen Hals zwischen den Schultern. Ich stank nach Schweiß, Zigaretten und Naphthalin.

Das Meer war so pechschwarz, als hätte es alle schmutzigen Geheimnisse dieser Welt verschluckt. Die Bänke am Strand waren alle leer, ich setzte mich auf eine. Es war die Bank, auf der ein Ali eine Cansu liebte und die schöne Zeit von Januar 94 verewigt hatte. Von fern her hörte man die Dieselmotoren der Makrelenfischer. Als ich das Feuerzeug aus der Innentasche meines Mantels nahm, berührte meine Hand etwas, das in Papier eingewickelt war. Es war ein Joint, den ich vergangenes Jahr vom schrulligen Bürodiener gekauft und vergessen hatte. Im Schutz meiner hohlen Hand zündete ich ihn mir gleich an. Puff, puff, puff, nahm ich ein paar Züge. Sechs Bier, einen Joint und acht Zigaretten lang beobachtete ich die Wellen. Ich blickte in die Dunkelheit des Meeres, und das Meer blickte in mich. Es sagte: »Passauf, daisteingeist, daisteingeist.« Dann war es wieder ruhig. Ich trank mein Bier: »Daisteingeist, daisteingeist.« Die zerschlagenen Teller daheim kamen mir in den Sinn. Ich stellte mir das Geräusch der am Boden rollenden Unterteller vor, zuerst: »Passauf«, dann sich langsam ändernd: »Da … ist … ein … Geist … Junge, da.. ist.. ein.. Geist.. Junge, da.ist.ein.geist.junge, daisteingeistjunge.« Ich erinnerte mich, wie ich von zu Hause weggegangen war, wie ich mich auf die Bank gesetzt und wie ich an die Teeunterteller gedacht hatte. Ich war in eine unendliche Sackgasse zwischen zwei gegenüberstehenden Spiegeln geraten.

Plötzlich sprang ich auf die Bank und schrie gegen den Wind: »Passauf! Passauf Daisteingeistjunge! Passauf Daisteingeistjunge! Im Namen aller Teller, im Namen aller Krankenpfleger und schwarzen Plastiktüten, antworte!«

Das Meer begann sich um mich zu drehen. Es war voller Bänke, Abfalleimer, Katzen und Straßenlaternen. Die Lichter vom gegenüberliegenden Ufer versanken im pechschwarzen Wasser und tauchten wieder auf. Rechts und links von mir flogen aschfarbene Schatten von Möwen vorbei. Die Wellen hatten Schaum vor dem Mund und schlugen wie verrückt an die moosigen Felsen. Das Meer schwoll immer mehr und zog den Himmel in sich hinein. Und die Welt, sie drehte sich trotzig. Mit der Welt drehte auch ich mich. Wütend schrie ich: »Gib mir Antwort!« Die Welt begann sich schneller zu drehen. Ich hörte das Geräusch des laufenden Wassers aus dem Hahn, sah Meryem in der Küche weinen. Nasse Salzberge stürzten wie Lawinen übereinander, verloren sich wieder. Der Himmel über mir dröhnte unheilvoll. Ich schaute nach oben. Die Wolken versammelten sich. Wolken mit Hasenohren, Elefantenrüsseln und riesigen Füßen schauten mit ihren kleinen Augen auf mich herunter. »Was stehst du da!«, riefen sie. Gemeinsam wurden wir alle noch schneller. Mittlerweile drehte sich auch der Himmel. Die Ohren der Wolken vermischten sich mit ihren Nasen. Schwarze Wolken vermengten sich mit grauen und verwandelten sich dann in zwei dunkle Augen und einen riesigen Schlund. Unter diesen Augen sammelten sich haufenweise andere Wolken, oben schlugen Blitze heraus, die fein waren wie auf die Seite gekämmte Haare. Ich schaute in mein eigenes riesenhaftes Gesicht, das dort aus brüllenden Wolken entstanden war. Aus dem weit geöffneten Mund meines Abbildes schossen blaue Blitze. »Antworte«, flüsterte das Maul und drückte sich langsam auf mich herunter. Mit einem Tirrrrrip blieb ich stehen.

Mein Körper erstarrte vor Kälte. Die Stimmen entfernten sich, jetzt waren sie plötzlich gedämpft. Überall war es schwarz. »Antworte mir!«, schrie ich. Aus meinem Mund drangen Luftblasen. Meine Lungen füllten sich mit Salzwasser, ich hustete, aber es kam nur Schaum. Ich war kurz davor, in der Tiefe des Meeres zu ertrinken. Die scharfen Ecken der Muscheln und Steine stachen mir in den Rücken. Mit aller Kraft stieß ich mich mit den Beinen vom Boden ab in Richtung Oberfläche. Als mein Kopf auftauchte, nahm ich einen tiefen Atemzug. In meinem Inneren schäumte es. Ich hustete röchelnd, bis es mir vor Augen flimmerte. Ich war völlig außer Atem, prustend zog ich mich hinauf.

Das eiskalte Wasser stach wie Nägel, der Wind schnitt messerscharf. Ich fühlte mich durchlöchert wie ein Sieb. Wasser triefte in dünnen Rinnsalen aus meinen Hosenbeinen. Um diese Uhrzeit, nachts, nass bis auf die Haut konnte ich unmöglich nach Hause zurückkehren. Ich zerrte mir den Mantel herunter, wrang ihn aus und zog ihn wieder an. Mit klappernden Zähnen wankte ich den Strand entlang. Ich stank nach Zigaretten, Bier, nach dem Diesel der Fischerboote und nach Meer. Der Naphthalingeruch hatte sich verzogen.

Ich lief, bis mir die Fußsohlen schmerzten. Die Farbe des Meeres wandelte sich von tiefem Schwarz in bleiernes Grau. Ein wenig weiter vorn sah ich die Petroleumlampe eines Teeverkäufers flackern. Das warme Licht der Lampe begann schon aus der Distanz von einigen Metern mein Inneres zu wärmen. Mit schnellen Schritten näherte ich mich dem zu einer Teestube umgebauten Wagen. Neben der Theke stand mit feinen roten Buchstaben »Papa Pappo« geschrieben. Gleich neben der Petroleumlampe war ein alter Mann mit dem Aufstellen der Strohhocker auf dem Gehsteig so beschäftigt, er bemerkte gar nicht, dass ich hinter ihm stand.

»Hast du einen Tee für mich, Alter?«, fragte ich zähneklappernd.

Er stellte die Zuckerdose auf den Tisch und sagte: »Er muss noch zehn Minuten ziehen. Komm, setz dich, wenn du willst.«

Ich ließ mich auf einem der Hocker nieder und beobachtete die leuchtende, blaue Flamme auf dem kupfernen Teeofen. Mir war nicht klar warum, aber mich erfüllte eine Art innerer Ruhe. So hatte ich mich immer gefühlt, wenn ich, im Bett liegend, aus dem Wohnzimmer die Geräusche von Tellern und Besteck hörte, und wusste, dass der Frühstückstisch gedeckt wurde. Meine Mutter kam stets kurz vor dem Läuten des Weckers an mein Bett und flüsterte mit zarter Stimme: »Steh auf, mein lieber Schatz, ich habe Tee aufgesetzt.« Diesen Satz musste man nicht zusätzlich ausschmücken, er war tröstlich in sich selbst. Manchmal gegen Abend sagte auch Meryem diesen Satz: »Schatz, ich habe Tee aufgesetzt«, auch in dieser Version mochte ich ihn sehr. Natürlich war es nicht nur der Satz, den ich liebte, sondern auch meine Mutter und meine Frau.

»Was ist denn mit dir passiert?«, fragte der Teeverkäufer mit freundlicher Neugier, während er das taillierte Teeglas zum Aufwärmen in den Dampf der Kanne mit dem siedenden Tee hielt.

»Ich bin ins Meer gestürzt«, sagte ich, unterbrochen von Zähneklappern, »ich bin plötzlich ausgerutscht.«

»Das kann vorkommen. Früher sind wir von dort ins Meer gesprungen«, sagte er lachend: »Ja, manchmal sind wir sogar mitsamt unseren Kleidern hineingesprungen, genau wie du. Damals waren wir noch jung und verrückt, manchmal hatten wir ein bisschen viel getrunken.«

Ich murmelte: »Vielleicht bin ich auch verrückt und weiß es bloß noch nicht.«

»Wissen denn die Verrückten, dass sie verrückt sind?«, sagte er und stellte den heißen Tee vor mich hin. »Nein, denn wenn sie es wüssten, wären sie ja nicht verrückt.« Der Unterteller sah genauso aus wie die, die wir zu Hause hatten. Ich legte meine eiskalten

Hände um das heiße Teeglas. Meine blauen Fingernägel nahmen langsam wieder ihre normale Farbe an. Eine Weile verharrte ich so bewegungslos.

Langsam und unvermerkt kam hinter dem Hügel die Sonne hervor, so wie man Kranken mit leichter Hand die Medikamentenspritze verabreicht, ohne dass sie es spüren. Alles war still. Langsam wurde es wärmer, die Luft war mild, auch in meinen blutunterlaufenden Augen ging die Sonne auf. Und allen, die von weit her zugeschaut oder zugehört hatten, brachte sie die Frage mit, was der neue Tag wohl brächte. Ich lächelte. Im Garten der Villa auf der anderen Seite der Straße krächzten die Krähen. Mir war, als käme das Krächzen von fernher. Ich versuchte den verschwommenen Geräuschen eine Bedeutung zu geben, als sich plötzlich ein Schwall warmes Wasser aus meinem Ohr löste und alles laut wurde und klar.

Der Teeverkäufer ging zur Rückseite des Teewagens und sagte zu jemandem: »Hulusi, die Sonne ist aufgegangen.« Ich sah die Sonne zwischen den Wolken glitzern, der Sonnenaufgang war heute besonders schön. Der Teeverkäufer kam wieder nach vorne, faltete ein schwarzes Tuch mit der Hand und legte es in die Schublade. Mit einer Handbewegung bestellte ich noch einen Tee. Er füllte grade mein Teeglas nochmals auf, als es auf der anderen Seite krächzte: »Papa!«

»Endlich ist er aufgestanden«, sagte der Teeverkäufer und zeigte auf die andere Seite, ehe er erneut hinter dem Wagen verschwand.

»Papa! Pappo! Pappo!«, das Geräusch eines Flügelschlags war zu hören.

»Bravo, mein lieber Hulusi! Da, nimm!«, rief der Teeverkäufer lachend: »Genieß es, lass es dir schmecken!« Er war wohl einer dieser Leute, die allzeit ein Lachen im Gesicht haben. Manche

Leute sind so. Immer lachen sie, sorglos und glücklich, ohne sich über jemanden lustig zu machen. Die Leute im Krankenhaus zum Beispiel lachen nicht so. Wenn sie lachen, werden ihre Gesichter länger und ihre Zähne spitz. Sie lachen über den Palastbewohner, sie lachen, wenn einem das Gebiss zu Boden gefallen ist, wenn eine Bahre umstürzt, wenn die Urinflasche voll ist, und am meisten lachen sie über mich.

Der Teeverkäufer lachte wieder. Und jetzt, dachte ich, habe ich jetzt irgendetwas gelöst? Ich habe schlicht und ergreifend an einem gewöhnlichen Mittwoch eine schlaflose Nacht im Freien verbracht. Ich wurde nass bis auf die Haut und bin fast krepiert. Wird mich wohl Meryem, wenn ich nach Hause komme, wieder mit den Worten empfangen: »Und wenn du es löst, was dann?« Gewiss wird sie das, warum auch nicht? Sie wird es sogar schreien. Und ich werde dagegenhalten: »Ich habe diese Nacht schon genug geschrien, man löst überhaupt gar nichts mit Geschrei.«. Und dann wird sie wieder …

Es krächzte: »Paaasssauuuff! Daisteingeist! Pappo Papi!«

Mir stellten sich die Nackenhaare auf. Ich glaub, ich dachte, ich drehe durch. Als ich dasselbe Krächzen gleich noch einmal hörte, beruhigte ich mich, das käme jetzt wohl davon, dass ich nicht geschlafen hatte.

»Pappo Papi, Paaasssauuuff! Daisteingeist! Pappo Papi, Saicarrrg!«

Aus meiner Magengegend schoss eine Stichflamme. Ich hörte nur noch meinen eigenen Herzschlag. »Komm mal bitte her!«, rief ich.

»Gern, soll ich noch einen Tee bringen?«

»Nein, ich wollte dich etwas fragen: Ist das da hinten ein Papagei?«

»Klaro!«

»Was sagt er?«

»Ich verstehe auch nicht alles. Ab und zu fängt er zu spinnen an und quatscht vor sich hin. ›Pass auf, pass auf‹, oder so ähnlich.«

»Pass auf! Da ist ein Geist, Junge!«, sagte ich.

»Ja, so in etwa.«

»Wo hast du den Papagei gekauft?«, fragte ich.

»Ich habe ihn nirgends gekauft, das Meer hat ihn angeschwemmt«, sagte er und ging hinter den Wagen. »Es war vor drei Jahren ungefähr. Ich kam eines Morgens her, öffnete mein Geschäft, da sah ich ihn im Wasser zappeln. Ich bin ins Wasser gesprungen und habe ihn herausgeholt.« Mit dem Käfig in der Hand kam er nach vorn und hängte ihn vorsichtig an die Markise neben dem Teeofen. Der Papagei hob einen seiner Flügel und begann mit dem Schnabel die Federn darunter zu reinigen. Der Käfig schaukelte leicht hin und her.

»Schau mal, dieser Flügel war gebrochen, als ich ihn gefunden habe«, sagte der Teeverkäufer. Er hielt den Käfig fest, um das Schaukeln zu stoppen: »Bei uns im Viertel gibt es Vogelverkäufer, die habe ich gefragt. Wir haben Hulusi verbunden und ihn wieder fit gemacht. Eine Weile hatte ich vor, ihn nach Eminönü zu bringen, um ihn zu verkaufen, aber ich habe mich so an den armen Kerl gewöhnt, dass ich es nicht übers Herz brachte. Aus ›Apo Papa‹ ist dann nach und nach ›Pappo Papa‹ geworden.«

Der Papagei wiegte den Kopf vor und zurück und krächzte: »Pappo, Pappo!« Papa Pappo brach schon wieder in Gelächter aus. »So ist das«, sagte er und zeigte auf den Käfig, »jeden Morgen mache ich zusammen mit diesem Verrückten den Laden auf.«

»Mann, das ist ja eine tolle Geschichte«, sagte ich. Alle Anspannung, die sich in mir aufgestaut hatte, war einer Art Verwunderung gewichen. »Der Schlingel hatte Glück. Wem er wohl früher gehört hat?«

»Einer unserer Fischer, Musa, meinte, dass seinerzeit eines der ausländischen Schiffe, die im Bosporus vorbeikommen, Tiere von Bord geworfen hätte«, sagte Pappo Papa und breitete die Arme aus: »Wenn ich Tiere sage, meine ich nicht Schafe oder Ziegen. Riesige Affen, Pferde und so sollen da vom Schiff gefallen sein. Vielleicht kam Hulusi ja auch daher, aber was soll's, vorbei ist vorbei.«

Mein Herz raste, meine Hände schwitzten. Mit meiner ruhigsten Stimme sagte ich: »Genauso ist es, Pappo Papa, vorbei ist vorbei.« Den Palastbewohner erwähnte ich mit keinem Wort.

Schließlich und endlich hatte mir das Schicksal seine Gnade erwiesen. Ich wusste, dass ich jetzt ganz nah dran war, die Lösung zu finden. Ich fühlte mich wie einer, der auf der Fähre in der Zeitung liest, dass er den Hauptgewinn im Lotto gewonnen hat. Eine Weile schaute ich hinaus aufs Meer. Es war tiefblau. Ich trank noch zwei Tee, bezahlte mit einer nassen Zehnernote und ging nach Hause.

Noch während ich auf dem Treppenabsatz versuchte, den Schlüssel aus meiner Hosentasche zu klauben, öffnete Meryem die Tür, in ihren Augen eher Überraschung als Zorn. »Was ist denn mit dir passiert?«, fragte sie.

»Ich bin ausgerutscht und ins Meer gefallen.«

»Was? Ins Meer gefallen? Was hattest du denn dort überhaupt zu suchen? Und warum bist du nicht nach Hause gekommen?«

»Das ging nicht, es war noch nicht Zeit.«

»Und jetzt, jetzt ist es Zeit?«, schimpfte sie.

»Na egal,« fügte sie an: »steh hier nicht so in der Gegend rum! Komm rein, du wirst dich erkälten.«

Ich packte sie an den Schultern und schüttelte sie.

»Du verstehst nicht, Meryem!«, schrie ich aufgeregt, »mir geht es heute Morgen so gut wie noch nie. Und wie gut es mir geht!«

Ich rannte ins Bad, entledigte mich meiner Kleider: »Du wirst schon sehen, alles wird gut!« Meine Stimme hallte im Bad. Schnell nahm ich eine Dusche, zog mir trockene Kleider an und setzte mich vor den Computer.

Ich hatte in meinem Leben bis jetzt nicht viel erreicht, aber dieses Mal würde ich erfolgreich sein.

Das Schiff, der Papagei, all diese Puzzlesteine setzten sich jetzt in meinem Kopf richtig zusammen.

Sowohl den Palastbewohner als auch den Papagei hatten sie vor fast drei Jahren am Strand gefunden, dazu beide Ende Oktober. Dass der Papagei »Passauf, Daisteingeist«, sagte, konnte kein Zufall sein. Beide mussten auf dem gleichen Schiff gewesen sein. Und ich musste jetzt alles tun, was möglich war, um das Schiff zu finden.

Ich gab die Stichwörter »Oktober, 2003, Bosporus, Istanbul, Schiff, Tiere, Affe, Unfall« der Reihe nach in die Suchmaske ein, schloss die Augen und drückte die Suchtaste. Ich war völlig auf den Bildschirm fixiert, als die Wohnzimmertür aufging und meine Frau besorgt fragte: »Was machst du denn da? Was hast du vor?«, als fürchte sie sich vor der Antwort. »Ich gehe heute nicht arbeiten. Ich rufe an und sage, ich bin krank.« Wieder ihr Schweigen, genau wie gestern Nacht, wieder ging sie in die Küche. Das einzige, was ich hörte, war das Brummen des Kühlschranks.

Voller Angst wartete ich.

Sie hustete einmal.

Dann Stille.

Fünf Minuten später kam sie mit einem Tablett grüner Boh-nen ins Wohnzimmer zurück und setzte sich mir gegenüber aufs Sofa. Sie stellte den Fernseher an. Du wirst sehen, sagte ich zu mir, alles wird gut. Ich begann die Suchergebnisse auf dem Bild-schirm anzuschauen. Die Antwort, die ich gesucht hatte, erschien an sechster Stelle.

PROTEST AM BOSPORUS
Tierschützer protestieren gegen das unter Panama-Flagge fahrende Tiertransportschiff »Malure«

Der Bosporus in Istanbul wurde gestern erneut zum Schauplatz eines ungewöhnlichen Protestes. Die Demonstranten behaupteten, auf dem Tiertransportschiff des weltberühmten mexikanischen Zir-kus »El Fuerte« würden Tiere gefoltert. Von der Wasserpolizei un-bemerkt näherten sie sich dem Schiff mit einem Schlauchboot, als das Feuerwerk zum 29. Oktober, dem Nationalfeiertag, gezündet wurde. Sie kamen an Deck, befestigten ein Spruchband mit der Losung: »Geht nicht in den Zirkus! Kein Spaß mit dem Leid der Tiere!« und öffneten anschließend die Türen der Container. Wäh-rend des an Deck ausbrechenden Tumults geriet ein Teil der Tiere in Panik und stürzte ins Meer.
Ein Großteil der ins Meer gefallenen Tiere wurde bald darauf durch die Küstenwache wieder eingefangen und im Hafen von Kadıköy zurück an Deck gebracht. Die Spur eines Pferdes, das am Strand von Cankurtaran an Land geschwommen war, verlor sich Augenzeugen-berichten zufolge in der Gegend von Ahırkapı. Von drei Orang-Utans, die aus den Heckcontainern des Schiffes gesprungen waren, wurden zwei eine Stunde später von Fischern gefunden. Es wird befürchtet,

dass das dritte Tier von der Strömung erfasst wurde und ertrank. Die Demonstrierenden, welche nach der Aktion von Sicherheitskräften in Gewahrsam genommen wurden, riefen Parolen wie: »An diesen Eintrittskarten klebt Blut!«, und »Zirkus ist eine Bühne der Grausamkeit!« Die Vorfälle sind Gegenstand einer Untersuchung.

AA 30.10.2003

Mag es auch merkwürdig scheinen, doch noch während ich las, kam mir die Lösung in den Sinn: Der von der Strömung verschlungene dritte »Orang-Utan« musste unser Palastbewohner sein. Ich startete erneut eine Suche mit dem Namen des Zirkus und fand auch die Homepage, in deren Hintergrund fröhliche mexikanische Musik spielte. Ich klickte hier und dort und schaute mich um. Weil ich jedoch nur spanische und englische Informationen fand, verstand ich rein nichts. Ich kehrte zur Hauptseite zurück. Für die Sprachauswahl wurden die englische und die mexikanische Fahne angeboten. Sofort fiel mir der Nachbarsjunge ein.

»Ist Samet wohl schon von der Schule nach Hause gekommen?«, fragte ich Meryem.

»Was willst du denn von Samet?«

»Ich habe das Rätsel gelöst, Meryem«, sagte ich, »jetzt brauche ich nur noch jemanden, der Englisch versteht.«

Auf dem Monitor wehten immer noch das mexikanische und englische Fähnchen, als Samet aus der Schule kam. Wir klickten auf die englische Fahne und warteten. Fotogalerie, Tourneepläne, Geschichten, Eintrittspreise …, wir begannen, uns durch das Menü zu klicken. Bei den Geschichten entdeckten wir eine verblichene Fotografie des Palastbewohners. Er hielt einen großen Fleischerhaken in der Hand und hatte einen wilden Gesichtsausdruck. Über ihm stand in flammenförmigen Buchstaben »La Carne« geschrieben. Das hieß wohl »Das Fleisch« auf Spanisch. Neben dem Bild hatte man einen kurzen Lebenslauf, darunter einige Videos von Vorstellungen gepostet. Der wirkliche Name des Palastbewohners war Carlos Casiano. Als er neun Jahre alt war, war aus ungeklärten Gründen bei ihm zu Hause ein Feuer ausgebrochen. In diesem Brandunglück waren seine Mutter, sein Vater und sein Bruder ums Leben gekommen. Drei Viertel seiner Körperoberfläche waren verbrannt, doch wie durch Wunder blieb er am Leben. Bis er achtzehn war, lebte er in einem Waisenhaus in der Nähe von Veracruz. Nach der Zeit im Waisenhaus schloss Carlos sich dem Zirkus »El Fuerte« an, dem einzigen Ort, an dem er nicht als seltsamer Außenseiter behandelt wurde und dabei noch Geld verdienen konnte. Da an vielen Stellen seines Körpers, einschließlich des Gesichts, die Nerven zerstört waren, fühlte er keinen Schmerz. Im Zirkus zog er an kleinen Haken, die er durch seine Wangen stieß, Gewichte in die Höhe. Am Ende der Show wurde ein an einem Seil befestigter Fleischerhaken durch seinen Rücken gespießt, das Tau warf man über eine Reckstange in der Mitte der Arena und zog daran. Wie eine Aufzugskabine hob man ihn auf diese Weise in die Höhe. Sobald er die Reckstange erreicht hatte und sich die Haut seines Rückens an den Haken spannte, riefen die Zuschauer »La Carne« und spendeten stürmischen Beifall, und er rief zurück: »Saicarg!«

»Saicarg« ist die Umkehrung des spanischen »gracias«, was so viel bedeutet wie »danke«.

115

Der Palastbewohner, dessen Leben durch den Brand auf den Kopf gestellt worden war, hatte begonnen, alles von hinten her auszusprechen. Nur ein Wort konnte er noch normal aussprechen: »Rettungsdienst«. Als der Zirkus später auf Überseetournee ging, verstummte er vollständig.

Möglicherweise hatte Carlos zwischen seinen halb geöffneten Augenlidern den leuchtenden, spiegelverkehrten Schriftzug »Rettungsdienst« gesehen, während sie seine Familie in Form rauchender, verkohlter Teile in Leichensäcke steckten. Und hinterher hatte er das in seinem Kopf wieder in Ordnung gebracht. Vielleicht hatte er ja um den Preis, alles zu verkehren, diese Schrift verinnerlicht und seines ganzes Leben draußen gelassen.

Und womöglich war Carlos, in dessen Leben sich alles ins Gegenteil verkehrt hatte, eben jener Balkonteufel, von dem mir meine Mutter immer erzählt hatte. Nur dass er mich, anstatt mich nach hinauszustoßen, nach innen gezogen hatte.

Was ich über ihn herausgefunden hatte, konnte ich keinem erzählen außer Meryem. Ich konnte den Palastbewohner nicht in den Zirkus zurückschicken, wo sie ihn wie ein Tier behandelt hatten.

Wenn niemand bei uns war, nannte ich ihn Carlos und rief ihm »La Carne!« zu. Er sah mich an, als erinnere er sich. Aber er erinnerte sich nicht. Manchmal erschien in seinen Augen der Ausdruck eines neunjährigen Kindes, doch ich wusste, dass Carlos' Kindheit lange gestorben war, in dem Moment nämlich, da er den Schriftzug »Rettungsdienst« erblickt hatte.

Manchmal wurden seine Blicke wild, da sagte ich dann: »Hallo, La Carne!« Sobald er diesen Namen hörte, drehte er knurrend seinen Kopf zur Seite, als wolle er sagen: »La Carne gibt es nicht mehr, er starb, als er vom Schiff gesprungen ist.«

Wie schon gesagt, der Palastbewohner wohnte fünf Jahre in diesem Zimmer. Fünf Jahre habe ich seiner Stimme zugehört. Am Ende des fünften Jahres starb er, ununterbrochen den umgekehrten Namen des Schiffes wiederholend, aus dem er geflüchtet war: »Erulam«. Das war sein dritter und letzter Tod.

DREI ZIMMER, KÜCHE, HALBES LEBEN

Ich schaue aus dem Küchenfenster und beobachte, was draußen vor sich geht. Es nieselt. Menschen mit Einkaufstaschen kommen vorbei. Sie gehen schnell, mit festem Schritt, sie schauen griesgrämig drein, alle sind sie müde. Genau vor dem Geschäft von Friseur Ali reißt die Tüte einer Frau mit blauem Kopftuch. Kartoffeln rollen durch den Schlamm, ein paar kullern sogar ins Geschäft hinein. Ali erscheint in der Tür, in einer Hand hält er die Schere, in der anderen die Kartoffeln. Ich muss lachen. Ali lacht auch.

»Hör auf zu lachen«, schimpft meine Mutter, »geh nach hinten, sonst erschreckst du wieder die Kinder.«

Aber ich gehe nicht nach hinten.

Die Frau mit dem Kopftuch steht gebückt mitten auf der Straße. Sie sammelt die Kartoffeln ein und spricht dabei mit Ali. Während sie redet, taucht der Gürtel ihres Mantels immer wieder in den Schlamm. Ihr Körper ist schlank, aber ich kann ihr Gesicht einfach nicht sehen. Ob sie jung ist? Hübsch?

»Junge, wenn du schon unbedingt rausschauen musst, dann zieh wenigstens die Tüllgardine zu.« Meine Mutter hört nicht auf zu murren.

Ich höre dich nicht, Mutter, ich bin mit meinem Leben beschäftigt.

Ali geht in den Laden und kommt kurz darauf mit einer schwarzen Plastiktüte zurück. Mit der Frau gemeinsam tut er die

Kartoffeln in die neue Tüte. Lächelnd spricht er mit der Frau. Was er wohl sagt?

Meine Mutter kommt zu mir und drückt mir ein Ei in die Hand. Aus den Augenwinkeln beobachtet sie, was draußen vor sich geht, und sagt: »Geh zu Halangil hoch und sag, deine Mutter bittet sie um drei Eier.«

Ich schaue auf das Ei, das sie mir gegeben hat, denke an Hühner, an Vögel, an Maden, an Raupen, an feuchte Bäume, auf denen Vögel sitzen, um dann aufzufliegen, feuchte Bäume, deren Inneres von Maden zerfressen wird.

»Los«, sagt meine Mutter, »lauf und komm gleich wieder!« Sie legt mir eine Hand auf die Schulter und zieht mich sanft vom Fenster weg. »Komm, mein lieber Schatz!«, sagt sie, und ihre Hand wandert meinen Rücken hinunter zum Kreuz. Es ist, als ob sie mich außer Sichtweite bringen möchte. Sie redet, als wolle sie sagen, dass ich nach hinten gehen soll, an einen einsamen Ort, fort von hier: »Los, lieber Schatz, lauf schon.«

Mit dem Ei in der Hand laufe ich langsam die Treppe hinauf in den oberen Stock. Auf halbem Weg geht die automatische Beleuchtung aus. Ein Schritt, zwei Schritte, drei, ich taste mich voran. Die Dunkelheit verhüllt alles. Ob der Ort, an den ich dem Willen meiner Mutter folgend gehen soll, auch so dunkel ist? Ich klopfe leise an die Tür, meine Tante öffnet. Ich strecke ihr das Ei entgegen und drei Finger in die Höhe. »Lass mich schauen«, sagt sie und schlurft in ihren Hausschuhen in die Küche. »Ja, wir haben welche!«, ruft sie durch den Korridor. Sie kommt zurück und überreicht mir die Eier. Halbherzig sagt sie: »Ich habe Tee aufgesetzt, komm doch rein und setz dich.« Ich komme nicht rein, setze mich nicht, habe keine Lust und schüttle verneinend den Kopf.

Tik.

Die automatische Beleuchtung geht aus.

Als ob ich selbst Teil der Dunkelheit wäre, bleibe ich auf der Schwelle stehen.

»Geh du nur runter, ich sorge dafür, dass das Licht nicht wieder ausgeht«, sagt sie, fast, als ob sie versuche, einen streitsüchtigen Betrunkenen zu besänftigen.

Ich gehe nach unten. Meine Tante beobachtet mich, die Tür einen Spalt offen, eine Hand auf dem Lichtschalter. Als ich in der Mitte der Treppe anlange, wird wieder alles dunkel, doch sofort geht das Licht wieder an. »Alles in Ordnung, ich habe es wieder angemacht!«, ruft sie von oben. Ich höre, wie die Tür zugeht. Die Stille verschluckt alles. Ist der Ort, an den mich meine Mutter schicken wollte, wohl auch so still? Ich bleibe einfach stehen, ohne mich zu bewegen. Ich halte die Eier mit meinen Fingern. Meine Hand gleicht einem Vogelnest aus Fingern. Ich warte. Ich warte so, als ob sich die Eier, wenn ich lange genug warte, in Küken, in Vögel verwandeln würden. In der Stille ist kein Piep zu hören.

Tik.

Wieder erlischt die automatische Beleuchtung, wieder verschluckt die Dunkelheit alles. Mich an den kühlen Wänden des Treppenhauses entlang tastend, gehe ich nach Hause. Meine Mutter nimmt mir die Eier aus der Hand.

Rund um mich herrscht rote Dunkelheit. Mir ist, als ob ich mit geschlossenen Augen in die Sonne schaute. Von außen dringen gedämpfte Geräusche an mein Ohr. Ich befinde mich in einer noch nie zuvor verspürten Einsamkeit, in einer Einsamkeit, wie es sie womöglich noch nie gab. Mit den Fäusten schlage ich an die Wand. Es knackt. Diese Wand ist schwach. Ich schlage nochmals zu. Es kracht. Durch den entstandenen Riss dringt ein feiner Lichtstrahl, der in meinen Augen schmerzt. Draußen ist es bewölkt. Mit aller Kraft lehne ich mich an die Wand, und sie bricht auseinander wie eine Waffel. Ich strecke meinen Kopf hinaus und schreie. Meine Stimme klingt sonderbar.

Von weitem höre ich Flügelschläge. Sie kommen näher: flap, Flap, FLAP! Ich spüre einen Windstoß im Gesicht, ein großer schwarzer Schatten legt sich über mich. Es ist ein Vogel, aber ich weiß nicht, welche Art von Vogel. Er ist dermaßen riesig, dass ich nichts anderes sehe als seine Klauen. Er öffnet die Flügel und tritt ein paar Schritte zurück, lässt vor mir einen feinen rosa Wurm baumeln. »Nein, Mutter!«, schreie ich, »diesen Wurm esse ich nicht mehr!« Mit spitzem Schnabel stopft sie mir den Wurm in den Rachen und krächzt: »Iss, iss, iss! Verpass nicht die Verlosung zum Zehnjahresjubiläum.« »Für jeden Einkauf von 50 Lira gibt es ein Los«, dröhnt es vom Himmel. Ich wache auf.

«Das Stern-Einkaufszentrum, der Stern des Einkaufens!« Das muss Muharrem vom Stern-Zentrum sein, die brüchige Stimme gehört ihm.

Ich stehe auf und schaue hinaus.

Auf der Straße fährt ein roter Lieferwagen mit schlammverspritzen Rädern vorbei. Auf seinem Dach ist ein kleiner Lautsprecher befestigt. Muharrem ruft: »Verpassen Sie nicht die Zehnjahresverlosung des Stern-Einkaufszentrums! Für jeden Einkauf von 50 Lira gibt es ein Los. Stern-Einkaufszentrum! Der Stern des Einkaufens!«. Er fährt in Richtung Markt hinunter.

Zehn Jahre, geht es mir durch den Kopf, ist das wirklich schon so lange her? Ja, es muss so sein. Es muss sogar noch länger her sein, ich erinnere mich noch an das Feld, das es dort vor dem Einkaufszentrum gab. Auf dem Heimweg von der Schule gingen wir immer direkt und ohne uns umzuziehen zum Fußballspielen auf das Gelände des jetzigen Stern-Einkaufszentrums. Muharrem, Musti, Apo, Ismail und ich. Vom oberen Stadtteil kamen natürlich auch noch welche herunter. Wir rannten dem Ball hinterher, bis es dunkel wurde. Damals bestand unsere Unterhaltung daraus, Fußball zu spielen, völlig verschwitzt Wasser zu trinken und Pflaumen aus den Gärten zu stehlen. Uns wurde nie langweilig.

Später verlor das alles seinen Reiz. Das Gelände, auf dem wir Fußball gespielt hatten, wurde mit Stacheldraht eingezäunt. Es war das Jahr, in dem Musti begann, Zigaretten zu rauchen. Auch ich begann damals mit den Zigaretten, und gleichzeitig verliebte ich mich in Ayşen. Zuerst brachten sie haufenweise Ziegelsteine, Bretter, Bauholz und Eisen. Die Steine, aus denen wir Burgen gebaut hatten, verschwanden unter den Sandhaufen. Überall lagen Hacken, Schaufeln und Siebe. Als nächstes banden sie zwei riesige Wachhunde an jenem Baum fest, unter den wir immer unsere Taschen gelegt hatten. Niemand konnte sich mehr auf das Gelände der Familie Stern wagen. Wir verlegten unsere Fußballspiele auf ein kleines Grundstück im oberen Stadtteil, hinter ein Kohlendepot. Alle gingen mit dorthin außer mir. Ich konnte nicht.

Genauer gesagt, ich wollte nicht. Ich machte wirklich eine spezielle Phase durch. Wie mein Vater es nannte, ich kam ins Alter der Geschlechtsreife. Seit kurzem sproß mir ein Oberlippenbart, ich war im Stimmbruch und langweilte mich stets und ständig. Außerdem war der obere Stadtteil auch etwas entfernt, es war mühsam, jeden Tag dahin zu laufen. Und was am allerwichtigsten war: Das Haus von Ayşen lag dem alten Grundstück genau gegenüber.

Jeden Nachmittag hängte Ayşen auf dem Balkon Wäsche auf. An manchen Tagen rutschte ihr eine Wäscheklammer aus der Hand und fiel hinunter; an diesen Tagen hätte ich so gut ins Gespräch kommen können, ich hätte zu ihr gehen und mit ihr sprechen können. Natürlich wäre die Wäsche dann wieder schmutzig geworden, sie hätte sie wieder waschen und aufhängen müssen und die Wäscheklammer aus Holz wäre ihr wieder aus den feinen Fingern gefallen. Soviel wusste ich. Ganz gewiss würde sich eines Tages eine der Schwerkraft unterlegene Wäscheklammer mit meinem Mut auf einer Ebene treffen.

Als es auf der Baustelle losging, wurde es zunehmend schwieriger, auf das Grundstück zu gelangen. Um von den Arbeitern und den Aufpassern nicht gesehen zu werden, benutzte ich meistens die rückwärtige Seite des Geländes, wo Ziegel, Bauholz und Eisen aufgehäuft waren. Tagsüber arbeiteten alle im Gebäude, gegen Abend war niemand mehr da außer dem alten Sicherheitsmann. Und dieser kam, wenn es dunkel wurde, nur kurz nach hinten, um den Hunden zu fressen zu geben, und begab sich danach in seine Baracke auf der Straßenseite. Waren die Hunde satt, ging ich hin und spielte mit ihnen. Manchmal brachte ich ihnen von zu Hause einen Knochen mit. Bei den Menschen war ich mir nicht so sicher, aber dass mich die Tiere mochten, das war gewiss.

Zwischen den Stapeln von Bauholz fand ich ein Versteck, von dem aus ich Ayşens Haus gut beobachten konnte. Es war nahezu unmöglich, mich von außen wahrzunehmen. Um mich zu finden, hätte man über den Stacheldraht springen, an Stellen, an denen die Bauholzstapel Stufen bildeten, emporklettern, sich durch einen engen Durchgang in rauem Bauholz hindurchzwängen müssen. Und nachdem man im aufgeschichteten Bauholz den richtigen Hohlraum erreicht hatte, hätte man weitere zwei Meter hoch klettern müssen. Das war schwierig. Bei trockenem Wetter ging es noch einigermaßen, aber bei Regen machte es sogar mir richtig Mühe, vor allem beim letzten Stück. Doch davon abgesehen war alles super.

Wenn niemand auf Ayşens Balkon war, verbrachte ich meine Zeit damit, Vögel, die sich auf die Hölzer setzten, zu beobachten oder Kinder, die kamen, um heimlich zu rauchen. Gegen Abend legte sich eine Stille über die Straßen, nur die Stadt summte im Hintergrund. Auf den Hügeln rauschte das Gebüsch, in der Ferne fuhren schwach beleuchtete Überlandbusse vorbei.

Bei schönem Wetter grillte der Vater von Ayşen auf dem Balkon. Neben dem Grill stand gewöhnlich eine Flasche Rakı der Marke »Yeni Rakı«. Wenn Gäste da waren, öffnete er einen Rakı »Tekirdağ«.

Ich versank in Träume. Wer weiß, vielleicht würde ich eines Tages auf dem Balkon mit diesem Mann im weißen Unterhemd zusammen einen »Tekirdağ Rakı« trinken oder sogar, sollte ich als Familienmitglied zählen, einen »Yeni Rakı«.

Wenn es zu regnen begann, kam Ayşen ganz außer Atem auf den Balkon gerannt und nahm die Wäsche ab. Beim zweiten Atemzug schon wurden ihre Wangen ganz rot. Der Teufel hatte seine Hände im Spiel, die Wäscheklammern fielen eine nach der anderen vom Balkon. Der gleiche Teufel kam in diesen Momenten zu mir und stachelte mich an: »Komm, geh schon! Steh auf, sprich mit ihr!« Ich konnte es nicht. Während die Regentropfen von den Haaren in meinen offenen Mund rannen, schloss ich meine Augen und atmete den Geruch der feuchten Bäume und der

Erde ein. Ich wartete wie ein Ding, ganz regungslos und still, ohne meinen Platz befremdlich zu finden.

Diese Unbeweglichkeit, die anfänglich von der großen Aufregung stammte, wurde mit der Zeit zur Gewohnheit, ich begann mich schon beinahe als Teil des Holzstapels zu fühlen. Nach ein paar Wochen gewöhnten sich selbst die Vögel an mich. An einem nassen Abend kam ein Spatz auf die andere Seite des Baumes, an dem die Hunde angebunden waren. Er hüpfte umher und pickte auf dem Boden herum, zwischen Unkraut und rostigen Nägeln. Dann zog er einen wulstigen Regenwurm aus dem Boden, packte ihn mit den Krallen und aß ihn zur Hälfte auf. Er flog er mit dem Wurm in seinem Schnabel los und landete direkt vor mir. Nachdem er mir mit einem sonderbaren Piepsen etwas mitgeteilt hatte, ließ er mir sein Essen da und flog davon.

Ich betrachtete den halben Wurm, der sich unkontrolliert krümmte. Er bog sich gegen das abgehackte Ende. Meine Mutter pflegte zu sagen: »Wenn man ein Geschenk bekommen hat, darf man nie sagen, dass es einem nicht gefällt.« Ich hatte ja gar nicht gesagt, dass es mir nicht gefiel. Ich streckte die Hand aus und berührte den Wurm, er war feucht und kalt. Mit einer Bewegung warf ich ihn mir in den Mund. Beim Hinunterschlucken war mir einen Augenblick, als gäben meine Beine nach, aber ich fiel nicht. In dem Moment entdeckte mich ein Kind, das unterhalb des Holzstapels am Rauchen war. »Entschuldige, ich habe dich gar nicht gesehen!«, sagte das Kind und streckte mir die Zigarettenpackung entgegen: »Rauchst Du?« Das hatte mich noch nie jemand gefragt.

Ich fühlte mich wie der König des Holzhaufens. Voller Aufregung hüpfte ich auf einen Holzbalken und von dort aus auf den

untersten. Ich nahm die Zigarette, die das Kind mir anbot. Der
Stapel hinter uns war leicht überhängig, er schützte uns vor dem
Regen und den neugierigen Blicken der Leute.

»Danke«, sagte ich, »hast du Streichhölzer?« Die Antwort auf
diese Frage habe ich nie erhalten. Die Frage ist das letzte, an das
ich mich erinnere.

Meine Mutter erzählte mir später, was geschehen war: Ein
Lastwagen, der Material abladen wollte, rutschte im Schlamm weg
und stieß an das Holz hinter uns. Die zuoberst liegenden Balken
stürzten auf uns herab. Der Junge, der mir eine Zigarette angeboten hatte, war auf der Stelle tot. Er hieß Mehmet und war der
Sohn von Hatcanıms, wie ich später von meiner Mutter erfuhr.
Ich hatte Glück, oder Gott war mir gnädig, jedenfalls blieb mein
Kopf zwischen den Baumstämmen und Mehmets totem Körper
stecken. An dem Tag, an dem ich mich wie ein König gefühlt
hatte, zerquetschte mir ein riesiger Balken den linken Teil meines
Kopfes, er zerstörte meinen rechten Arm vom Ellbogen an und
ließ mich als stummen, halbierten Menschen zurück.

Und als wäre es nicht übergenug, dass mein Spiegelbild so ent-
setzlich ist, liege ich im Geist mindestens einmal jede Woche
unter diesen Holzbalken. Stundenlang denke ich darüber nach,
dass Mehmet mich gar nicht entdeckt hätte, wenn ich nicht den
halben Wurm gegessen hätte, und dass dann all das vielleicht gar
nicht passiert wäre.

Und schon wieder ist es geschehen. Schweißgebadet bin ich
aufgewacht. Der dunkle Feuchtigkeitsfleck an der Decke kommt

mir vor, als sei er aus dem Albtraum von gerade eben gesickert. Er schaut mich mit weit aufgerissenen Augen an. Ich denke nach, was er wohl in mir sieht. Bin ich für ihn, in seiner Welt der Feuchtigkeit nur ein Fleck, den die Sonne getrocknet hat?

Die Zimmertür geht auf.

Es ist meine Mutter.

»Die Familie von Tante Zülfiye ist gekommen. Mach, steh auf, wasch dir dein Gesicht und komm hallo sagen.« Während sie die Tür wieder schließt, sagt sie noch: »Es gibt frischen Tee.« Ich nicke mit dem Kopf.

Sie sagte es zum Schluss, als wäre Tee das Unwichtigste auf der Welt, dabei weiß sie ganz genau, dass ich nur wegen des Tees zustimme.

Ich gehe ins Bad und wasche mir das Gesicht. Im Wohnzimmer klimpern die Teelöffel in den Gläsern. Die Frauen lachen. Während ich gerade das Handtuch mit dem rosa Rosenmuster nehme, höre ich die schrille Stimme von Zülfiye: »Sie haben es auf dem Rückweg vom Einkaufen gesehen«, sagt sie, »das ist doch diese Ayşen aus der Familie der Kirschenpflücker«, und »Ja«, höre ich meine Mutter sagen.

»Sie hat mit dem Friseur Ali geflirtet.«

»Was du nicht sagst!«

Ich schleiche auf Zehenspitzen in die Küche. Draußen scheint die Sonne. Menschen mit Einkaufstaschen laufen vorbei. Sie gehen schnell, mit festem Schritt, sie schwimmen vor Schweiß.

ÜBER ANDAUERNDES KLINGELN UND EINE KÜCHENTÜR

11:00

»Eigentlich«, sagte der Mann, »habe ich das nie gewollt.« »Wann genau beginnt der Film?«, fragte ein anderer. »Ich bin gleich da, mein Akku ist leer, ich leg jetzt auf«, sagte er. Sie liefen zugleich los. »Ach, jetzt haben wir die grüne Ampel verpasst«, rief das von hinten kommende Kind enttäuscht. »Stopp, lass meine Hand nicht los, sonst kommst du unter ein Auto!«, ermahnte die Frau das Kind neben sich. Sie warteten.

Was war ich doch für ein schöner Hund. Jedenfalls das Kind sagte das, als es weiterging. Ich hob meinen Kopf und schaute ihm nach, noch immer ganz aufgeregt redete es weiter. Ich gähnte und stand auf. Eine Weile kratzte ich mir den Nacken.

Ich hatte Hunger, musste dringend etwas zu essen finden. Der Reihe nach lief ich alle Straßen der Stadt ab, wo Metzgerläden waren, doch mir gab keiner etwas. Ich wartete vor der Dönerbude, doch keiner nahm mich wahr. Anschließend machte ich sogar noch einen Abstecher in die Gegend, wo sich die fetten Katzen niederließen. Einige von ihnen ergriffen die Flucht, als sie mich sahen. Eine Einäugige stellte sich fauchend vor mich hin, hinter ihr rotteten sich noch andere zusammen. Eine von denen wollte mir eine schnappen und sie zu Tode schütteln. Als ich meine Zähne zeigte und sie anknurrte, hauten sie ab. Ich stürzte der größten von ihnen nach. In diesem Moment vernahm ich ein schrilles Geräusch in meiner Nähe.

Driiiing! Driiiing! Driiiing!

11:05

Drrrrrrrrrrrriiiiiiiiiiiiiiing!

Noch während es an der Haustür läutete, schnellte Didem aus dem Bett. Zu so früher Stunde erwartete sie niemanden. Sie schlüpfte in den einzelnen linken Hausschuh, der umgekehrt auf dem Boden lag, der andere war nirgendwo zu sehen. Dann rannte sie vom Schlafzimmer ins Wohnzimmer. Ihr behausschuhter Fuß blieb am faltig zusammengeschobenen Plüschteppich an der Schwelle hängen. Der Teppich wickelte sich um ihren Fuß wie ein pelziges grünes Fabeltier. Sie strauchelte vorwärts, schlug um ein Haar der Länge nach auf den Boden und fand gerade noch am Esstisch Halt. Die leeren Weinflaschen auf dem Tisch fielen um, das scherbelnde Geräusch so früh am Morgen dröhnte in ihren Kopf. Sie wusste genau, dass sie sich in etwa zehn Sekunden aus dem Fenster lehnen und hinunterrufen würde: »Wer ist da?«, worauf der Mann von unten »Städtische Wasserwerke!« hinaufbrüllen würde wie einen Fluch.

Drrrrrrrrrrrrrrriiiiiiiiiiiiiiiiiiiing!

Wie es sich gehörte, wollte sie zuerst die Jalousie und danach das Fenster öffnen. Hastig zog sie an der Kordel der Jalousie. Plötzlich hielt sie die Schnur in der Hand. Hatte man ihr nicht gesagt, die wäre unkaputtbar? Ihr schoss durch den Kopf, es wäre von Anfang an klar gewesen, dass diese Jalousien nichts taugen. Hatte Okan nicht für die vier Dübel mit dem Schlagbohrer sieben Löcher in die Wand gebohrt? Anschließend hatten sie sich stundenlang mit den Schnüren abgemüht, die sich in einander verwickelt hatten. Und dann kam auch noch diese nervige Frau aus der unteren Etage heim, fühlte sich durch die Bohrmaschine gestört und reklamierte das bei Didem.

Drrrrrrrrrrrrrrrrrrrrrrrrrrrrrrrrrrrrrrrrrrrrrrrrrrrrrrrrriiiiiiiiiiiiiiiiiiii
iiiiiiiiiiiiiiiiiiiiiiiiiiiiiiiiiiiiiiiiiiiiiiing!

Während es weiter ohrenbetäubend klingelte, schob Didem
die Jalousie einfach von Hand hoch, öffnete das Fenster und rief:
»Wer ist da?«

Völlig außer Atem rief jemand von unten: »Ich bin's!«

»Okan, was ist denn das für ein Hund in deinen Armen?«

»Schnell, mach sofort auf, das Tier liegt im Sterben!«, rief Okan.
Seine Stimme hallte in der Straße. Im Gebäude gegenüber bewegten
sich die Tüllvorhänge, dahinter erschienen dunkle Schatten. Diese
Schatten beobachteten heimlich, lauschten heimlich, sprachen heimlich und weinten heimlich. Sie waren wie die Grillen, sie verstumm-
ten eine nach der anderen, sobald sie ein ungewöhnliches Geräusch
hörten, das nicht in ihre normalen Abläufe passte, und dann löschten
sie die gelben Lichter in ihren Zimmern, eines nach dem anderen.

Okan kam mit dem Hund in den Armen in die Wohnung.
Langsam und mit äußerster Vorsicht legte er ihn im Eingang auf
den Fußboden. Eine seiner Hände lag auf dem Bauch des Tiers.
Es röchelte, als ob es nicht ausreichend Luft bekäme. Seine Augen
waren geschlossen, der Speichel an der Schnauze zu einer weißen
Schicht geronnen.

Didem beugte sich zu dem Hund, deckte ihn mit einem blau-
en Handtuch mit Entenmuster zu und fragte, als hoffe sie wirklich
auf Antwort: »Oh je, mein Kleiner, was ist denn mit dir passiert?«
Sie streichelte den Kopf des Tieres.

»Weil das Wetter so schön war, hab ich das Fahrrad genommen. Ich bin den Hügel runtergefahren, er ist mir direkt ins Rad
gelaufen«, sagte Okan, noch immer atemlos.

»Oh je, der Arme.«

Okan drückte mit der Hand etwas fester auf die Bauchwunde, er glaubte, das würde helfen, und antwortete: »Sag so etwas nicht, Didem, ich fühle mich schon mies genug.«

»Nimm deine Hand weg, er wird sich noch eine Infektion zuziehen«, sagte Didem, als tadele sie ein kleines Kind, »Ich muss sofort einen Druckverband anlegen.«

Okan verzog das Gesicht und zog die Hand von der Wunde zurück. Ein schwaches Wimmern war zu hören. Der Bauch des Hundes war aufgerissen, die inneren Organe krümmten und bewegten sich im Blut wie dunkelblaue Würmer.

In diesem Augenblick fühlte Okan sich schuldig und überfordert. »Die Gangschaltung hat ihn verletzt oder die Kette, glaube ich«, sagte er, so fest es ging. Aber alle Festigkeit löste sich zwischen dem »oder« und dem »glaube ich« auf in Nichts. Ihm war, als drehe sich ihm gleich der Magen um, sein Gesicht war kreideweiß. Um sich ein wenig zu beruhigen, schaute er Didem zu: Er beobachtete, wie sie Binden zuschnitt und ihr dabei das schwarze Haar ins Gesicht fiel. Auf ihren Nägeln war der schwarze Lack stellenweise abgebröckelt, ihre Finger waren zierlich und fein. Aber als er sah, wie Blut das Handtuch mit den lustigen gelben Enten durchnässte, schämte er sich dieser Gedanken.

Didem versuchte, mit Gaze und Binden einen improvisierten Druckverband herzustellen. Auf ihrer Stirn sammelte sich der Schweiß.

Indem er Didem zusah, wie sie die Wunde verband, fühlte Okan sich ein wenig besser. Beruhigt und etwas geniert meinte er: »Ach, verstünde ich doch auch etwas davon.«

»Eigentlich kann ich es nicht so gut«, antwortete Didem, »ich bin dieses Semester durch die praktische Prüfung gefallen.«

»Egal, Süße, du studierst hier Veterinärmedizin. Du kennst dich hundertmal besser aus als ich.«

»Ich kenne mich überhaupt nicht aus«, antwortete Didem. Ihre Stimme klang gepresst. Sie schaute auf ihren improvisierten Verband, der sekündlich blutiger wurde. Plötzlich stand sie auf: »So. Also so geht das nicht, ich muss die Wunde nähen, aber hier habe ich kein Material!»

»Gut. Schon gut, bleib ruhig!«, sagte Okan. Im Stillen gefiel es ihm irgendwie, Didem so hilflos zu sehen.

»Es hat keinen Sinn!«, rief Didem und fügte rasch hinzu, in der Art, wie Menschen sprechen, wenn sie eine logisch begründete Lösung suchen: »Weißt du, am besten wäre …«

»Ja?«

»… wenn wir zu Senem gehen. Sie hat letzte Woche in einer Tierarztpraxis angefangen.«

Okan wickelte den Hund in eine Wolldecke mit Hirschmuster und nahm ihn auf die Arme.

Hals über Kopf verließen sie das Haus.

10:55

Während die Straßenwalze auf dem frisch gegossenen Asphalt langsam voranrollte, schufteten die Arbeiter, die schwarzen Männer mit Schaufeln, wie man sie auf dreieckigen Verkehrstafeln sieht, zwischen der Hitze des Straßenbelags, die von unten her, und der Hitze der Sonne, die vom Himmel herunter brannte. Einer von ihnen bewegte sich langsamer als die anderen. Er hieß Rahmi.

Rahmi warf eine Schaufel Splitt und wieder eine. Er hielt inne. Die Sonne brannte gnadenlos auf seine schweißnasse Stirn. Er nahm eine Maltepe aus der Brusttasche, zündete sie an. Beim ersten Zug stieg der Rauch fein von der Zigarette auf. Langsam und holpernd versuchten die Autobusse auf der anderen Fahrbahn durch den Staub voranzukommen. Sie waren mit Menschen vollgestopft wie Sardinenbüchsen. Er lächelte, zufrieden, dass er sich wenigstens nicht selbst in einem dieser Busse befand, wenigstens nicht jetzt. Während er den Rauch inhalierte und wieder ausblies, murmelte er zu sich gewandt: »Ohne mich.«

Als er zum zweiten Mal an der Zigarette zog, fing sein Telefon zu schrillen an, über das seine Freunde sich lustig machten, es sehe aus wie ein Polizeifunkgerät. Auf dem grünen Display erschien in eckigen schwarzen Buchstaben der Name Bekir Beys. Rahmis Inneres verkrampfte. Ohne sich sonderlich zu beeilen, entfernte er sich von der Baustelle. Zwischen rot-weißen Absperrungen hindurch ging er in eine ruhige Seitenstraße. Auf dieser Seite versanken die Verkehrsschilder im Dreck, der abgenutzte Asphalt war mit großen und kleinen Flicken bedeckt, die Straße erinnerte an eine Ruinenstadt, verlassen nach dem Krieg.

Das Telefon läutete sechsmal, siebenmal, achtmal. Beim neunten Mal nahm er ab: »Hallo.«

Bekir Bey sagte geradeaus, ohne sich nach dem Befinden zu erkundigen: »Rahmi, seit fünf Monaten bezahlen Sie keine Miete mehr. Ich schrei Sie nicht an, zugegeben, Sie sind ein alter Mann, es tut mir auch leid. Aber das ist jetzt nicht das erste Mal und nicht das zweite. Ich habe es satt! Dermaßen total satt!«

»Sie haben Recht, Bekir Bey«, sagte Rahmi, während er auf die Reifenspuren längst vorübergefahrener Autos schaute, die sich kreuzten, »aber ich gebe ihnen mein Wort. Ich werde meine Schulden bezahlen. Diese Woche habe ich bei den Gemeindewerken angefangen«, fuhr er mit hoffnungsvoller Stimme fort. Und mit dem Selbstvertrauen desjenigen, der soeben eine neue Arbeit aufgenommen hat, fügte er leicht provozierend hinzu: »Ich mache mich nicht aus dem Staub, Sie wissen ja, wo ich wohne.«

»Nein, Rahmi, ab sofort wohnen Sie nirgends mehr!«, brüllte Bekir Bey, »Wissen Sie, wie oft wir ihnen einen Zahlungserinnerung geschickt haben? Und es hat sich nie etwas getan. Was sind Sie bloß für ein Mensch!«

»Aber Bekir Bey ...«

»Gar nichts aber! Jetzt sind Sie still und hören mir zu! Soeben hat mich mein Anwalt angerufen. Er war mit dem Gerichtsvollzieher an Ihrer Tür. Sie räumen jetzt die Wohnung aus. Ich rufe Sie lediglich an, um Ihnen das mitzuteilen. Sie sollten sich für heute Abend besser etwas anderes besorgen.«

»Aber ...«, sagte Rahmi ungläubig, der Rest blieb ihm im Hals stecken.

»Ich wollte nie, dass es soweit kommt«, sagte Bekir Bey.

»Ich auch nicht.«

Rahmis Pupillen wurden weit, das Telefon fiel ihm aus der Hand. Er begann zu schwitzen, sein Atem beschleunigte sich. Ihm war, als werde er leichter, wie eine Feder dann, die kreiselte und sich nach oben hin drehte, emporgeblasen wurde. Ein kühler Wind streichelte seine schweißnasse Stirn. Doch Rahmi flog nicht davon, wie er glaubte, sondern sackte zu Boden wie Blei. Er setzte sich auf den Asphaltboden und lehnte sich an die Metallplanke an der Verkehrsinsel. Die Zigarette rollte langsam aus seinen Fingern zu Boden. In den Ohren hörte er das Echo seines Herzschlag. Poch. Poch. Poch. Er drückte mit aller Kraft seine Hand auf die Brust.

Bekir Beys Worte hallten noch lange in seinen Ohren: »Ich wollte nie, dass es soweit kommt«. Was war es denn eigentlich gewesen, was Bekir Bey nie gewollt hatte? Zum Beispiel, dass Rahmi auf dem Asphalt zusammenbrach? Oder dass die Möbelpacker, die den Kühlschrank wegtrugen, aus Unachtsamkeit das blaue Gewürzset zerschlugen? Aber war Rahmi tatsächlich traurig darüber, dass sie ihm sein Gewürzset, das er mit seiner Frau an einem kühlen Nachmittag in der Vitrine eines billigen Porzellanverkäufers ausgewählt hatte, kaputtmachten? Im Grunde genommen hasste er Salz- und Pfefferstreuer. Ihr Anblick erinnerte ihn an seine Einsamkeit.

Hatte er damals nicht gefragt: »Was sollen wir denn mit so viel Gewürzen anfangen?«, während ihm Fatmas hennagefärbte Haare ins Gesicht wehten. Rahmi besaß bereits Salz und getrockneten Chilipfeffer. Wenn es ihm zuweilen nach Kümmel war, ging er zum Gewürzhändler und kaufte sich ein Säckchen. Aber wozu sollten so viele Gewürzdöschen gut sein? Auf einem stand »Rosmarin«, auf dem anderen glänzte in goldener Schrift »Koriander«. Die Liste ging weiter mit Kebabgewürz, Safran, Kardamon, Anis, Curry, Köftegewürz, Muskat.

Die Liste war ellenlang, und Fatma sagte im Gegensatz dazu kein einziges weiteres Wort, sondern schaute wie ein Kind in dieses Schaufenster. Es hatte ihm einen Stich ins Herz gegeben. Er hatte gesagt: »Fatma, wenn du mir versprichst, dass du sie alle verwendest, kaufen wir sie.« Sie hatte ihm in die Augen geschaut und gelächelt.

Das war der klarste Augenblick in Rahmis Leben. Wenn man ihn gefragt hätte, warum es gerade dieser Augenblick war, hätte er es selbst nicht gewusst. Es war alles einerlei, niemand wollte so etwas wissen. Rahmi sprach ohnehin nicht viel, schon gar nicht über solche Einzelheiten.

Von jenem Tag an hatte Rahmi Speisen zu sich genommen, die mit den absonderlichsten Gewürzen gewürzt waren, manchmal schmeckte es ihm, manchmal absolut nicht. Er veränderte sich, er lächelte, verzog das Gesicht, nieste, verlangte mit aufgerissenen Augen nach Wasser, lächelte wieder, nieste und lächelte wieder. Und eines Tages verließen all diese Gewürze, deren Duft aus der Küche aufstieg, Rahmis Leben. Fatma starb. Sie hinterließ ein vollkommen leeres Gewürzregal.

Rahmi drückte seine Hand fest aufs Herz. Sein Mund war ausgetrocknet, seine Augen versanken in den Höhlen. Mit letzter Kraft zog er sich an der Barriere der Verkehrsinsel hoch und kam auf die Füße. Er wunderte sich, die Holztür direkt vor ihm bis jetzt nicht bemerkt zu haben. Die Tür stand einen Spalt offen, und von innen kamen verschiedenartige Gerüche von Gewürzen. Er stieß die Tür auf und erblickte die Küche seiner Wohnung. Fatma stand am Herd. Sie lächelte ganz genau so, wie sie damals vor dem Schaufenster gelächelt hatte, und bereitete ein Schmorgericht.

11:12

Was war ich doch für ein schöner Hund. Ich öffnete meine Augen einen Spalt. Ich sah eine Frau und einen Mann. Ich lag auf seinem Schoß, die Frau streichelte meinen Kopf. Sie hatten mich in eine dicke Wolldecke gewickelt. Ich wollte bellen. Es ging nicht, mein Kiefer war blockiert, ich bekam den Mund nicht auf.

»Chauffeur, was ist denn das für ein Verkehr?«, fragte die Frau.

»Sie asphaltieren die eine Fahrbahn der Hauptstraße, alles muss auf dieser Fahrbahn durch«, sagte der Mann vorne.

»Dann lassen Sie uns einen anderen Weg fahren. Dem Tier geht es überhaupt nicht gut«, sagte die Frau.

»Ich würde ja, Madam, aber es geht nicht, wir können nicht vor und nicht zurück, wir sind eingeklemmt«, sagte der Fahrer.

Ich verstand nicht, worin wir eingeklemmt waren. Als ich meinen Kopf heben wollte, fühlte ich einen großen Schmerz. Aber das war nicht schlimm, ich hatte schon größere Schmerzen gehabt. Mit aller Kraft richtete ich mich auf und schaute hinaus. Meine Beine zitterten.

»Didem, irgendetwas ist mit ihm, er versucht aufzustehen!«, rief der Mann aufgeregt.

Draußen war alles ruhig. Unmittelbar vor uns saß ein alter Mann am Straßenrand. Er war orange gekleidet, er sah aus wie ein Gemeindearbeiter. Normalerweise muss man abhauen, wenn man Gemeindearbeiter sieht, aber ihn mochte ich, ich weiß nicht warum. Ich wollte ihn freundlich anbellen. Mit großer Mühe öffnete ich den Mund, etwas floss heraus.

»Okan, er hat auf mich gekotzt, pechschwarz!« schrie die Frau.

»Der Köter verwüstet meine Polster!«, sagte der Mann vorne.

»Seien Sie still, das Tier stirbt, da können Sie mir doch nicht mit den Polstern kommen!«, rief der Mann neben mir.

Ich fühlte mich so leicht, wie ich mich noch nie gefühlt hatte. Alle Geräusche entfernten sich, die Gerüche von Blut und Schweiß lösten sich auf in Nichts. Die Frau verschwand, der Mann, der Schoß, die Decke, die sie um mich gewickelt hatte. Ich blieb allein zurück in einer großen Leere, hob den Kopf und schaute nach vorn. Mir tat nichts mehr weh. Der Gemeindearbeiter stand am Straßenrand. Ich gab Laut, ich sagte ihm: Hier bin ich. Wau! Wau! Wau! Ich rannte auf ihn zu. Er ging durch eine Tür, und ich folgte ihm. Ich roch wieder etwas. Es roch nach gewürztem Fleisch. Neben dem Gemeindearbeiter stand eine hübsche Frau, sie kochte. Sie sahen mich an, sie lächelten, sie sagten: »Willkommen bei uns daheim.«

EINST, ALS DER SALZSTREUER DIE STILLE TÖTETE

Du weißt ja, unsere Einsamkeit in all ihren Ausprägungen
Wird morgen zu einer neuen Sprache werden.
EDIP CANSEVER

Ein Baum stand im Garten des Mietshauses und warf seinen beweglichen Schatten auf den Wohnzimmerfußboden, und in dem Strahl aus Licht, der durchs Fenster kam, drehte sich der Staub längst vergangener Zeiten wie in einem eigenen Universum.

Im Zentrum dieses Universums standen ein Mann von etwa vierzig Jahren und seine Mutter. In einer kleinen Wohnung, in der die Zeit stehen geblieben schien, inmitten vergilbter Spitzen, knarrender Möbel, Nippes in verblassten Farben, inmitten von Büchern mit gelb gewordenen Seiten, zwischen Tischchen mit gerissenen Marmorplatten, hinkebeinigen Stühlen, quietschenden Türen, nach Mottenpulver riechenden Teppichen und hinter der Tür wartenden Einkaufstrolleys, waren die beiden, umgeben von Holzschnörkeln mit blätternder Fassung und faulenden, einen grünen Schaum erzeugenden Erinnerungen, damit beschäftigt, langsam zu sterben.

Scharf blies der Wind durch Fenster, aus deren Rahmen der Kitt gefallen war. Nachts wurde das Wohnzimmer eiskalt. Jedes Leben war der Wohnung entzogen. Die halbdunkle Einsamkeit nie benutzter, nach silbernen Zuckerdosen und Samt riechender Gästezimmer hatte sich auf alle Zimmer ausgedehnt. Geräusche gab es am ehesten noch in dem Wohnzimmer voller verstaubter

Möbel, die ihre besten Zeiten hinter sich hatten. Die löwenfüßigen Sessel, die Stühle, deren Sitzflächen im Kreuzstichmuster bestickt waren, vor allem aber das verspiegelte Nussbaumbuffet erzeugten nachts, wenn der Lärm der Stadt verebbte, ein kaum wahrnehmbares leises Flüstern, ein Knacken und Knarren. Und dieses Geräusch war die typische Art von Stille in diesem aus fernen Jahrzehnten stammenden Salon.

Jedes Mal, wenn Selim die Wohnzimmermöbel knarren hörte, kamen ihm die kalten Streitereien seiner Eltern in den Sinn. Bis vor zehn Jahren hatten sie so gestritten, stets ohne auch nur ein Wort zu sagen. Darum war Selims Kindheit erfüllt mit Abendessen, bei denen nichts zu hören war als das Klappern von Messer und Gabel, mit Sonntagsfrühstücken voller Zeitungsraschcln, mit der Stille von Porzellan, das man vorsichtig behandeln musste, damit es nicht zerbrach.

Manchmal dauerte der Streit zwischen seiner Mutter und seinem Vater wochenlang, so lange, bis einer der beiden den anderen um den Salzstreuer bat. Der Satz: »Kannst du mir das Salz reichen?«, war der Fahrschein für die Rückkehr ins normale Leben. Immer wenn das Salz übergeben wurde, beendete das alle Spannungen in der Wohnung, als hätten Vahap und Suzan dies insgeheim so vereinbart. Die große, sich über Wochen hinziehende Stille wurde von alltäglichen Fragen abgelöst wie: »Was gibt es im Fernsehen?«, oder: »Soll ich für morgen Kichererbsen einweichen?«

Selim ging an dem bewegten Baumschatten auf dem Wohnzimmerteppich entlang und schaute aus dem Fenster. Der Balkon gegenüber war voller Hortensientöpfe. Eine ältere Frau, die ein Kind auf dem Schoß hielt, betrachtete den Sonnenuntergang. Als vermöchte sie etwas nicht zu glauben, was sie eben gehört hatte, sagte sie zum Kind: »Wieeee? Die Vögel sind weggeflogen? Wohin sind die Vögel wohl geflogen?« Das Kind lachte. Während er ihnen zusah, dachte Selim: »Ob wohl auch jemand mit meinem Sohn so spricht?«

»Woran denkst du, mein Sohn?«, fragte Suzan. Wie immer hatte sie sich direkt hinter Selim gestellt. In ihren Händen hielt sie eine silberfarbig gerahmte Fotografie.

»Mein Kopf ist voll, ich kann an gar nichts mehr denken, Mutter.«

»Das bedeutet, dass du nicht nachdenkst, sondern dir Sorgen machst, mein Schatz«, sagte Suzan und legte Selim ihre Hand auf die Schulter. »Zerbrich dir nicht den Kopf, in Ordnung? Sonst wirst du eines Tages zusammenbrechen, sorge dich nicht.«

«Ich sorge mich nicht«, erwiderte er, den Blick immer noch auf den Balkon gegenüber gerichtet.

»Selim …«

»Ja, Mutter?«

Suzan zeigte auf die Fotografie in ihrer Hand und fragte: »Rate, welche von beiden ich bin?«

Selim betrachtete die Mädchen mit den schwarzen Schürzen, die das Bild zeigte. Beide lächelten süß, denn vor siebzig Jahren hatte Muharrem, ihr Vater, gesagt: »Suzan, mein Schatz, lächle ein bisschen. Sehr schön, mein Schatz, und jetzt nicht mehr bewegen! Sezen, komm näher zu deiner Schwester heran!« Und gleich darauf hatte er seinen Kopf unter das schwarze Tuch gesteckt. »Schaut hierher, Kinder, hier kommt gleich das Vögelchen raus«, so hatte er ihre Aufmerksamkeit auf sich gezogen und von drei rückwärts gezählt.

Sie hatten hingeschaut. Kein Vogel war rausgekommen. Stattdessen hatte es geblitzt.

Nach dem Blitz befanden die Kinder sich auf einem Schwarz-Weiß-Foto, das Foto in einem Silberrahmen, der Silberrahmen auf einem verstaubten Buffet. Viele lange Jahre schauten die Kinder von der Fotografie ins Wohnzimmer.

»Was ist nun, erkennst du nicht einmal mehr deine Mutter?«, fragte Suzan vorwurfsvoll.

»Bist du die linke?«

»Nein, die rechte.«

Wäre es dabei geblieben, hätte sich das Gespräch dieses Tages nicht wiederholt, Selim hätte sich nichts dabei gedacht. Aber so war es nicht.

Eines Morgens drei Monate später blieb Suzan vor dem Büffet stehen und begann erneut mit zaghafter Stimme: »Selim …«

»Ja, Mutter, was ist?«, antwortete Selim. Er saß gerade auf der anderen Seite des Zimmers am Tisch und frühstückte.

»Komm doch mal her, schau!«, sagte sie und klopfte an das Glas des Buffets.

»Was soll ich anschauen, Mutter?«

»Guck mal, das ist Sezen. War sie nicht süß als Kind?«

»Ich weiß, Mutter.« Er legte den Olivenstein, den er im Mund hatte, neben das Teeglas. »Das Bild steht dort, solange ich denken kann.«

Suzan öffnete das Türchen des Büffets und betrachtete die auf dem Bild wartenden schwarz-weißen Personen. Beide trugen Fingerabdrücke der Menschen, die sich zuletzt an sie erinnert hatten. Sie nahm den Bilderrahmen in die Hand und sagte in klagendem Ton: »Sonst bring ich es halt zu dir.«

»Also Mutter, als ob ich es nicht wüsste.«

»Du weißt überhaupt nichts!«, tadelte Suzan. Sie lief los, mit Schritten, die jeden Tag langsamer wurden. Bis sie vom Buffet aus den Tisch erreicht hatte, dauerte es einundzwanzig Sekunden. In dieser Zeit hatte Selim den letzten Schluck seines Tees getrunken und noch zwei Oliven gegessen.

Suzan stellte den Rahmen vor Selim auf den Tisch und sagte: »Wenn du das Foto schon kennst, dann sag mir doch, welche ich bin?«

Angespannt wie einer, der zu einer Leichenidentifizierung gerufen wurde, betrachtete Selim die Kinder auf der Fotografie: Sie hatten beide genau die gleichen Haare, genau die gleichen schwarzen Schürzen, identische Nasen, identische Ohren, identische Augen, den gleichen Mund, das gleiche Lachen. Mit der Seite der Gabel zerteilte er den Schafskäse und antwortete: »Ihr seht identisch aus, Mutter, aber ich weiß, dass du die auf der rechten Seite bist.«

»Die rechts ist deine Tante!«, rief Suzan und zeigte mit ihrem knochigen Finger auf das Mädchen auf der linken Seite: »Ich bin die hier, die so ausdruckslos schaut.«

»Aber Mutter, letztes Mal hast du mir noch gesagt, dass du die Rechte bist.«

»Rede nicht so einen Unsinn! Wann soll ich das gesagt haben, erfinde doch keine Geschichten!«

Sogar die mit jedem Tag langsamer werdenden Bewegungen seiner Mutter hatten Selim nicht so traurig gemacht wie dieser Satz. In diesem Moment hatte er nur nach einem Platz gesucht, an den er die Hände legen, nach einem Punkt, zu dem er mit den Augen fliehen könnte. Er hatte eine weitere Olive gegessen und auf die Wanduhr geschaut: Es war fast neun.

»Du hast Recht, Mütterchen, ich bin in der letzten Zeit ein wenig zerstreut«, sagte Selim und stand vom Tisch auf. »Wie auch immer, ich gehe jetzt ins Geschäft, wenn du zum Abend etwas brauchst, ruf mich an und lass es mich wissen«, fügte er an. Er fühlte, dass ein banaler Alltagssatz sie beruhigte, spürte eine Art Verlegenheit, und der sonderbare Salzstreuer kam ihm in den Sinn, der die häusliche Stille so oft unterbrochen hatte.

Eine halbe Stunde später betrat er den Laden, wo in den Gestellen Hunderte Salzstreuer warteten. Als sein Gehilfe Nihat ihn in der Tür sah, legte er die Sportzeitschrift »Foto Match« auf einen Kunststoffhocker, stand auf und begrüßte ihn: »Willkommen, Selim.«

»Hallo Nihat, bestell mir doch bitte einen Tee.«

»Sofort.« Nihat sprang auf und rannte nach draußen.

Als Selim sah, dass einer der schnauzbärtigen Salzstreuer, die Abdullah Öcalan, Saddam oder Ibrahim Tatlises glichen, falsch herum im Regal stand, rückte Selim ihn zurecht. Unter den Blicken der Salzstreuer, die wie eine regelrechte Armee, Ellenbogen an Ellenbogen, auf die Teller im Regal gegenüber schauten, betrat eine rothaarige Frau den Laden. Nachdem sie die Preise jeglicher im Geschäft vorhandenen Teekanne aus Porzellan erfragt hatte, kaufte sie einen Plastikeierbecher und ging wieder. Der leicht federnde Zehenspitzengang der Frau erinnerte ihn daran, wie Zerrin ging.

Als Nihat den Tee brachte, überlegte Selim, dass die Frau von eben wahrscheinlich genauso launenhaft, berechnend und von schlechtem Benehmen war wie seine Exfrau. Er nahm einen Schluck von seinem Tee und setzte sich selber mit der »Foto Match« hin. Auf der Titelseite prangte ein riesiges Foto von einem Grabstein. Darüber stand die Schlagzeile: »So haben wir Lazio Rom beerdigt.« Das Bild regte ihn auf, denn er hasste es, Grabsteine zu sehen.

Als er umblätterte, läutete das Telefon neben der Kasse. »Nihat, kümmerst du dich bitte um die Kunden?« Er selbst hob den Telefonhörer ans Ohr und sagte »Hallo«. Er hielt inne und fuhr dann mit der distanzierten Stimme eines Mannes fort, an dessen

Tür frühmorgens die Polizei steht: »Ja, das bin ich.« Ohne zu unterbrechen, hörte er dem Mann am anderen Ende der Leitung zu, zwischendurch ließ er lediglich ein paar Floskeln fallen wie: »Ja, selbstverständlich, das habe ich verstanden, Sie haben Recht.«

»Aber unsere Schulden sind doch Schulden, Herr Rechtsanwalt«, sagte er abschließend. Er malte Muster mit sich überschneidenden Kreisen und Quadraten auf einen Zettel. Sein verstorbener Vater hatte die gleiche Angewohnheit gehabt und Muster gezeichnet, wenn er wütend war. Selim war nicht sicher, was ihn mehr ärgerte, was der Anwalt sagte oder dass er seinem Vater glich.

Der Anwalt fuhr in einer herablassenden und verletzenden Art fort, die Selim ganz krank machte; er versuchte zu antworten, so gut es ging.

Hätte einer sich jetzt neben das Regal mit den Reihen von Salzstreuern gestellt und zur Kasse geschaut, hätte er dort einen schmächtigen Mann gesehen, dem langsam die Haare ausgingen, einen Mann, der sprach und dabei einen Zettel vor sich hatte und darauf krakelte, und hätte diese Sätze gehört:

»Natürlich, der Markt ist knallhart.«

Kreis.

»Nein, zum Donnerwetter, so ist es auch wieder nicht.«

Quadrat.

»Uns gibt es hier seit zwanzig Jahren.«

Kreis.

»Das schätzen Sie wirklich falsch ein.«

Quadrat.

»Ihnen auch einen schönen Tag.«

Selim zeichnete einen Kreis, ein Quadrat, einen Kreis, ein Quadrat, einen Kreis.

Er legte auf.

»Das-haben-Sie-nun-wirklich-falsch-eingeschätzt«: Eigentlich scheiße ich doch auf solche Höflichkeiten, ging es ihm plötzlich durch den Kopf, und er fragte sich, wann er zu einem so unterwürfigen Menschen geworden war. Er wusste es nicht.

Er stieß das leere Teeglas von sich und sagte barsch: »Nihat, steh nicht herum wie ein Rindvieh, räum ein bisschen auf.« Und im gleichen anklagenden Ton wie seine Mutter fügte er hinzu: »Überall hier, überall.«

Ohne ein Wort zu verlieren, nahm Nihat das Teeglas vom Tisch und räumte den umgekippten Stifthalter wieder ein. Dann ordnete er die Pfannen im Schaufenster, ordnete die Teekessel der Größe nach, staubte die Brotkästen ab, wischte feucht und rauchte vor der Tür ein halbes Päckchen Zigaretten.

Selim fühlte sich mit einer schlechten Kopie derjenigen Stille konfrontiert, die seine Mutter und sein Vater immer wieder mit äußerster Sorgfalt hergestellt hatten.

Gegen Mittag fragte er aus dem Laden: »Nihat, sollen wir uns einen Adana Kebab bestellen?«

»Wie du willst, Selim.«

»Zier dich nicht so mädchenhaft, mein Sohn. Wollen wir essen?«

»Gut, lass uns essen«, sagte Nihat und lachte, als ob er diese Worte erwartet hätte.

»Jeder einen oder eineinhalb?«

»Jeder einen.«

»Du bist ein junger Mann, ich bestelle dir eineinhalb«, erwiderte Selim väterlich.

Nachdem sie den Kebab wie üblich in der Kammer hinter der Kasse gegessen hatten, übergab er den Laden Nihats Verantwortung und suchte ein Wettbüro in einer Seitenstraße auf. Als er im fünften Durchgang des Rennens mit seinem Coupon verloren hatte, machte er sich auf den Heimweg, sein mangelndes Glück und das Pferd »Der fliehende Fevzi«, auf das er alles gesetzt hatte, verfluchend. Bevor er in die Wohnung ging, kaufte er unten im Laden für seine Mutter einen Sahnejoghurt und eine Limonade, die sie mochte.

Er öffnete die Tür, und Suzan rief: »Bist du es, Vahap?« Es war das erste Mal, dass Suzan ihn Vahap nannte. Hätte sie es nicht wiederholt, hätte Selim dieser Namensverwechslung keine Bedeutung beigemessen. Aber so war es nicht. So ein Vorfall, der sich früher ein paarmal im Monat, meistens vor dem Abendessen, ereignete, wiederholte sich sechs Monate danach vier- bis sechsmal die Woche.

Während seine Mutter sich, zusammen mit der silbergerahmten Fotografie, die sie ständig in der Hand hielt, sozusagen vor seinen Augen in Nichts auflöste, wusste Selim nicht mehr, wogegen er seine Wut richten sollte. Er fluchte ununterbrochen und beschimpfte Rennpferde, Jockeys, Fußballer, Pikdamen und Herzbuben, sich selbst, seinen Vater, seine Tante und die Zahlungsbefehle.

Als Selim eines Abends, die Pferde im vierten Lauf verwünschend, nach Hause kam, saß Suzan wie so oft mit der karierten Wolldecke auf den Beinen vor dem Fernseher und sah sich einen alten türkischen Film an. Selim setzte sich auf einen der dunkelgrünen Sessel und schaute mit ihr weiter. Es war ein Film, wie er ihn früher nie geschaut hätte, ein alter Schwarz-Weiß-Film.

Als der Mann im Film zu seiner Frau sprach: »Was zwischen deinem Foto und mir ist, geht dich nichts an, ich bin in dein Foto verliebt«, bat Suzan Selim, der sich unbewusst schon vorbereitet hatte, zu antworten, welche auf dem Bild welche sei: »Mein Sohn, rufe Vater doch bitte zum Essen.«

Mit der geknickten Stimme eines Schülers, der eigentlich eine andere Frage erwartet hatte, antwortete Selim: »Mutter, Vater kommt nicht zum Essen.«

»Warum nicht, mein Kind?«

«Weil er vor dreißig Jahren übers Meer geflogen ist«, antwortete er und schlug hart auf die Lehne des Sessels. Ganz wie Selim in diesem Augenblick hatte auch sein Vater Vahap mit geblähten Nasenflügeln irgendwohin geschlagen, wenn er sich aufregte.

»Geflogen? Wie meinst du das, mein Sohn?«

«Er hat mit meiner Tante im Sommerhaus geflirtet, danach bestieg er, völlig von Sinnen, mit ihr seinen Chevrolet Impala und flog übers Meer. Als die Taucher ihre beiden Leichen bargen, waren die Bäuche geschwollen wie Ballons, aber der Bauch meiner Tante war noch dicker geschwollen, weil sie das uneheliche Kind meines Vaters trug«, so wollte Selim erzählen, was den beiden widerfahren war, stattdessen begnügte er sich damit, zu sagen: »Er ist mit dem Auto weggeflogen.«

»Er wird also nicht kommen«, fasste Suzan zusammen und streichelte mit dem Daumen das Innere ihres Eheringes. Sie stand auf, ging zu ihrem Sohn, beugte sich hinunter und flüsterte ihm ins Ohr: »Wenn er nicht kommt, kommt er nicht! Dann essen eben wir miteinander, Mutter und Sohn.« Unvermittelt begann sie zu kichern und hielt sich die Hand vor den Mund, wie ein Kind, das gerade einen unanständigen Fluch vernommen hat.

»Aber das ist ja vollkommen verrückt, mein Sohn, gibt es denn überhaupt fliegende Autos?«, sagte sie zwischen zwei Atemzügen. »Autos können doch nicht fliegen, oder?«

»Nein, sie können nicht fliegen.«

Ein kurzer Moment der Stille entstand, beide starrten vor sich hin.

»Was gibt es denn zu essen, Mutter?«, fragte Selim dann.

»Grüne Bohnen in Olivenöl.«

Dieser Abend, an dem sie vor einem Schwarz-Weiß-Film grüne Bohnen in Olivenöl aßen, war der erste, an dem Suzan glaubte, Vahap sei noch am Leben. Hätte es sich nicht wiederholt, hätte Selim dem keine Bedeutung beigemessen. Aber so war es nicht.

In den kommenden Monaten begann Suzan, den Tisch für drei Personen zu decken, und hängte Vahaps alten Bademantel im Bad auf.

Die Monate verstrichen. Selims Verfassung passte sich allmählich dem merkwürdigen Zustand im Haus an. Zuletzt hatte er sich so sehr daran gewöhnt, dass er sich in Vahap verwandelte oder glaubte, Vahap erstünde zum Abendessen wieder auf oder dass die Zwillinge auf dem Foto ihre Identität beständig änderten. Eines Tages, als er betrunken war, überlegte er, dass sein Vater vielleicht sogar wirklich noch lebte oder er sich an gewissen Abenden tatsächlich in seinen Vater verwandelte.

Aus seinem Kopf stieg eine fette, schwarze Blase, in der allerlei giftige Gedanken lebten, wie zum Beispiel: Vielleicht existiert meine Mutter nicht und ich lebe allein, und nachts tigere ich im Nachthemd meiner Mutter im Wohnzimmer herum wie der Perverse in diesem Film, was weiß denn ich, vielleicht sind die Mädchen auf dem Foto meine eigenen Töchter und ich kann nur nicht akzeptieren, dass sie tot sind. Womöglich waren es mein Vater und meine Mutter, die bei einem Verkehrsunfall ins Meer stürzten, und ich lebe bei meiner senilen Tante, im Glauben, ihr Sohn zu sein; und darum ist meine Tante so durcheinander. Möglicherweise bin ich sogar eine verfluchte Seele, die in einem Salzstreuer gefangen ist, der in der Mitte eines stillen Tisches in einem fort Geschichten

erfindet, oder ich bin Teil eines üblen Albtraums, den mein Großvater Muharrem hatte, nachdem er das Foto aufnahm, und wenn
Großvater aufwacht, höre ich für immer auf zu existieren.

Selim war sich dessen nicht bewusst, aber als erstmals Todes-
gedanken in ihm keimten, kamen sie aus solch dunklen Fantasi-
en. Hätte er dieselbe Gedankenblase im Gehirn seines Großva-
ters Muharrem zum Reifen bringen können, wäre Muharrem, ein
Liebhaber französischer Literatur, noch ehe er beschloss zu sterben,
auf Rimbauds »Ich ist ein Anderer« verwiesen worden, und dann
wäre er erst Monate später von der Idee ergriffen worden, seine
Existenz sei sinn- und bedeutungslos. Man weiß nicht, ob Muharrem fünfzig Jahre davor genau das gedacht hatte oder nicht. Jedenfalls hatte er sich eines Sonntagabends sein Jagdgewehr in den
Mund gesteckt und abgedrückt.

Wären diese sonderbaren Sätze Selim häufiger durch den Kopf
gegangen, hätte er dem befremdlichen Geisteszustand, in dem er
sich befand, keine Bedeutung beimessen müssen. Denn in diesem
Fall wäre er ja offensichtlich geisteskrank gewesen. Aber so war es
nicht, und das machte Selim Angst. Ja, es machte ihm sogar eine
derartige Angst, dass er sich bemühte, der Welt seiner Mutter so
fern wie möglich zu bleiben. So fern wie möglich.

Mittlerweile war es so weit, dass er nach dem Essen mit seiner Mutter nur noch etwas fernsah und sich dann in sein Zimmer zurückzog, das nach alten Teppichen, Staub und Feuchtigkeit
roch. Zuweilen überflog er aus Langeweile die vergilbten Bücher,
die seit vielen Jahren im Wohnzimmerregal aufgereiht waren. Zur
Hälfte waren es Enzyklopädien mit Goldschnitt, wie man sie für
gesammelte Zeitungscoupons bekam, zur anderen Hälfte Bücher,
die noch von Muharrem stammten. Selim hatte versucht, einige

davon lesen, aber keines hatte ihn gepackt. Es hatte zum Beispiel exakt zwei Minuten und fünfzehn Sekunden gedauert, bis er Sartres »Das Sein und das Nichts« an seinen Platz zurückstellte.

Eines Abends, das Nussbaumbüfett knarrte kaum merklich, warf er den Büchern einmal mehr einen desinteressierten Blick zu. Er blieb an einem dünnen Büchlein haften. Es begann mit den Worten: »Heute ist Mama gestorben. Vielleicht auch gestern, ich weiß es nicht.« Die ersten fünf Seiten las er noch im Stehen vor dem Regal.

Als er sah, dass seine Mutter wie tot auf dem Sofa schlief, deckte er sie mit einer dicken Wolldecke zu, die er aus dem Schlafzimmer geholt hatte. Denn wachte Suzan nach dem Einschlafen wieder auf, hatte sie große Mühe, aufs Neue einzuschlafen. Er schaltete den Fernseher ab, in dem gerade Ayhan Işık eine Liebeserklärung an Belgin Doruk richtete, und verzog sich in sein Zimmer. Dort las er etwa weitere zehn Seiten. Mitten im zweiten Kapitel legte er das Buch auf den Nachttisch und schlief ein.

In der Nacht hatte er einen aufwühlenden Traum, in dem er seinen Sohn Vahap schaukeln sah. Im Traum wurde sein Sohn mit jedem Schaukelschwung größer und verwandelte sich schließlich in seinen Vater Vahap. »Deine Mutter ist heute gestorben, vielleicht auch gestern, ich weiß es nicht«, sagte Vahap lachend. Plötzlich befand sich Selim in einem Leichenhaus. Der Beamte brachte zwei identische Leichen. »Nun, Selim«, fragte er: »welche der beiden ist Ihre Mutter?«

Selim erwachte schreiend, als die Leichen zu sprechen begannen. Er ging ins Wohnzimmer und kontrollierte den Atem seiner Mutter. Sie lebte noch. Er verspürte ein Gefühl, für das er noch keinen Namen hatte, eine Mischung aus Enttäuschung und Freude. Er ging in sein Zimmer zurück, öffnete die verzierte Holztür des Kleiderschranks und nahm seinen Tabakbeutel heraus. Er bewahrte seinen Tabak dort zwischen den Leintüchern auf, eine Gewohnheit von Kindheit an. Auf dem Bett sitzend drehte er eine Zigarette und ging auf den Balkon hinaus.

Es war eine windige Nacht. Die Holzwäscheklammern auf der Leine zuckten wie Fische, die an der Angel mit dem Tod kämpften. An dem zitternden Flämmchen in seiner hohlen Hand zündete Selim die Zigarette an und zog daran, bis er den Tabak knistern hörte. Von weitem war Selim ein rot leuchtender Punkt auf einem dunklen Balkon. Drinnen begann das Handy zu schrillen. Mit der Zigarette in der Hand ging er hinein und schaute auf das Telefon, das ein blaues Licht auf sein Gesicht warf. Er las den Namen »Zerrin« auf dem Display, sein Gesicht fiel enttäuscht zusammen. Er nahm das Gespräch mit »Hallo« an, ging wieder auf den Balkon und zog die Tür hinter sich heran.

»Was gibt's, Zerrin?«, flüsterte er ärgerlich.

»…«

»Es ist zwei Uhr morgens.«

»…«

»Hast du kei…«

»…«

»Hast du keine …«

»…«

»Unterbri…«

»…«

»Unterbrich mich nicht ständig. Hast du keine andere Uhrzeit gefunden, um mich anzurufen?«, er wurde lauter.

»…«

»Ja, stimmt, Vahap ist auch mein Sohn«, sagte er ruhig.

»…«

»Aber du bist nicht meine Frau. Wir sind geschieden, es ist aus. Ich will dir kein Geld schicken.«

»...«

»Sowieso habe ich keins. Aber auch wenn ich Geld hätte, würde ich es dir nicht geben.«

»...«

»Ich habe bereits drei Monatsrenten meiner Mutter mit Schuldscheinen belehnt.«

»...«

»Nein, das Geschäft läuft scheiße.«

»...«

»Wenn du es nicht glaubst, dann lass es halt bleiben!« schrie er ins Telefon, dann flüsterte er: »Ich suche einen Käufer für das Geschäft.«

Von innen gesehen bestand Selim, der, während er sprach, mit der Zigarette auf dem Balkon herumfuchtelte, nur aus einem bläulichen Gesicht. So sah ihn zum Beispiel Suzan, die in diesem Augenblick mit ihrer Schwarz-Weiß-Fotografie im Dunkeln dastand.

Sie schlurfte in Hausschuhen zur Balkontür, öffnete sie und sagte: »Welche von uns ist es? Vahap, welche von uns ist schöner?«

»Meine Tante ist schöner, Mutter! Sie ist schließlich nicht wie du alt und runzlig geworden, sondern vorher krepiert!«

Suzans Finger verkrampften sich. Der Bilderrahmen fiel mit dem Glas nach unten auf den Boden, kleine Scherben spritzten nach allen Seiten über die Fliesen. Im Haus gegenüber gingen ein paar Lichter an, im unteren Stockwerk wurde ein Fenster laut quietschend geöffnet, eine Frau maulte mit schlaftrunkener Stimme: »Hier gibt es auch Leute, die schlafen wollen!«

Selim explodierte und schrie in Richtung der Frau: »Mach, was du willst, was geht es mich an!«

»Die Leute haben einfach keinen Funken Respekt mehr«, sagte die Frau und schloss das Fenster.

Aus dem Telefonhörer drang noch immer Zerrins tobende Stimme:

»...«

»Ich schreie nicht! Sei einfach still, Zerrin!«

»...«

»Was geht es dich an, wie ich mit meiner Mutter spreche?«

»...«

»Mein Sohn«, flüsterte Suzan. Sie stand auf der Balkontürschwelle und betrachtete voll Kummer die Scherben am Boden.

»Ist schon gut, Mutter, geh schon mal rein, ich fege das nachher auf«, sagte Selim und machte Kehrbewegungen mit seinen Händen.

Suzan bückte sich, als habe sie nichts gehört, und hob den zerbrochenen Rahmen auf. Ein paar Glasstücke fielen heraus.

»Mütterchen, geh bitte rein, du wirst dir noch einen Splitter einfangen«, sagte Selim, schob seine Mutter an der Schulter sanft mit einer Hand ins Zimmer, schloss hinter ihr vorsichtig die Balkontür und telefonierte weiter: »Zerrin, zerreiß mir nicht den letzten Nerv. Sprich nicht über Dinge, von denen du keine Ahnung hast!«

»...«

Er schnippte die Zigarettenasche in einen Blumentopf.

»Nein, ich spiele keine Glücksspiele.«

»...«

»Glaub doch, was du willst.«

»...«

»Ja, und du ...«

Er klammerte sich an das eiserne Balkongeländer.

»Mit welchem Recht verlangst du Alimente?«

»…«

»Soll sich doch dein Geliebter drum kümmern, frag doch ihn nach Geld.«

»…«

»Lüg nicht, ich habe euch beim Essen gesehen.«

»…«

»Im Lacivert.«

»…«

»Das ist nicht wahr, das hast du dir ausgedacht.«

»…«

»Das ist doch kein Arbeitskollege, erzähl mir keinen Blödsinn.«

»…«

»Lüg mich nicht an, Schlampe!«, schrie er mit aller Kraft und schleuderte das Telefon auf den Boden. Splitterndes Glas, Plastik- und Metallstücke breiteten sich aus – und Stille.

Selim setzte sich auf den Eisenstuhl mit dem Hinkebein in der Ecke. Klack. Er fühlte sich, als versänke er in einem endlosen Sumpf. Er lehnte sich zurück. Klack. Er schmiss den Zigarettenstummel aus seinem Mundwinkel vom Balkon. Klack. Eine Weile betrachtete er die zerfallenen, stickigen Viertel der Stadt. Er versuchte, die Tausenden von Menschen auszumachen, die sich im halbdunklen Licht von Straßenlaternen zwischen feuchten Wänden hin und her bewegten. Während er darüber nachsann, ob auch sie wohl alle Schulden im Übermaß, Schlampen zur Ehefrau und geistesgestörte Mütter hatten, unterbrach ein feines Knarren seine Gedanken. Beim Bilanzieren seines Lebens auf halber Strecke angekommen, sagte er sich, dass er diese Tür mal wieder ölen sollte. Sie beschäftigte ihn so, dass er den gebeugten Schatten auf der Schwelle gar nicht wahrnahm.

»Komm, mein Sohn, ich habe frischen Tee gemacht«, sagte Suzan.

»Bist du noch nicht im Bett, Mutter?«, fragte Selim eine sinnlose Frage.

»Nein, noch nicht.«

Sie gingen miteinander ins Wohnzimmer. Im Dämmerlicht des Kronleuchters tranken sie eine Kanne Tee. Es war der beste Tee, den Selim in den letzten Jahren getrunken hatte. Im Fernseher lief die Wiederholung des Abendfilms. Ayhan Işik kniete da, wo er vorher aufgehört hatte, am Boden, und machte Belgin Doruk seine Liebeserklärung. In diesem Moment war Selim so glücklich, dass er hätte sterben mögen. Er lächelte leise vor sich hin.

Wäre er Teil einer Geschichte gewesen, hätte er gewünscht, dass sie genau hier zu Ende ginge. Aber so war es nicht. Bereits zwei Stunden später war die Illusion im Wohnzimmer vorbei, denn etwas wie ein Happy End gab es nicht. Zuletzt endeten alle Geschichten unglücklich.

Selims inneres Unbehagen setzte sich fort, wo es aufgehört hatte. Sobald er über das Leben nachdachte, bedrückte es ihn. Das Leben heulte ihn an, wie er es bis zum Monatsende schaffen wollte. Das Leben redete lauter ungereimtes Zeug, es fragte irgendeinen Unsinn, ob Cola Krebs erzeuge zum Beispiel. Es sagte: Selim, dein Geld auf der Bank schmilzt. Eier haben Cholesterol. Dein Herz verfettet. Du hast drei Monatsrenten deiner Mutter bei der Pferdewette verloren. Du lässt Nihat immer weiter ohne Versicherung arbeiten. Selim, was ist deine Ehre überhaupt noch wert, wenn du so weiter machst? Wieviel ist sie noch wert? Atme tief durch. Beruhige dich, ordne deine Gedanken. Atme durch, Selim.

Selim atmete tief durch und trank die Neige des kalten Tees

vom Grund des Glases. In dieser Sekunde sah er erstmals klar, er fürchtete sich eigentlich nicht vor dem Tod, sondern vor dem Leben.

Zwei Wochen später bei einem Rakı-Abend sagte er zu einem Freund: »Ich will sterben, mein Bester, ich möchte mich aufgeben und einfach gehen.« Der Freund antwortete, während er mit seiner Gabel in Öl eingelegte Auberginen mit Joghurt und Tomaten aufspießte: »Erzähl keinen Quatsch, Junge! Wenn du tot bist, was dann?«

Da sagte eine innere Stimme zu Selim: »Auf der anderen Seite des Lebens gibt es keine Sorgen. All das, dieser Tisch, dieser Joghurt mit Knoblauch, dieser Mann, diese aneinanderklebenden Eiswürfel, dieser Anisgeruch, all das existiert nur, um dir Angst vor dem Tod zu machen.« Die Stimme flüsterte: »Hab keine Angst Selim, komm! Ich bin jenseits von alldem, was du Sorgen nennst!«

Selim drehte sich und schaute nach hinten. Außer einem Poster von Orhan Gencebay war dort niemand zu sehen, er erkannte das und lachte.

»Ja, so ist's recht«, sagte der Freund, »lach und sei lustig!«

Mit hängenden Schultern aß Selim lachend seinen Joghurt mit Knoblauch.

»Wenn ein Zahn dich schmerzt, dann reiß ihn aus. Du wirst doch nicht erlauben, dass etwas jahrelang in dir fault«, sprach die innere Stimme dieses Mal. »Das Leben fault in deinem Inneren, Selim, reiß es aus, dann ist es endlich vorbei.«

»Los, trinken wir auf ex!«, sagte sein Freund und stieß sein Glas an Selims. »Lass noch mal die Luft aus den Gläsern!«

Als Selim spät nachts nach Hause kam und in sein Zimmer ging, nahm er einen Bogen liniertes Papier und schrieb nacheinander:

»Liebe Mutter«, »Verehrte Mutter«, »Mein lieber Sohn«, dann radierte er alles wieder aus. Schließlich schrieb er nur: »Zerrin«.

Er begann den Brief mit dem Satz: »Worte fressen mein Hirn, sie zernagen mein Inneres.« Am Ende dieses Satzes sah er Zerrin, wie sie verächtlich ihre Augenbrauen hochzog. Er malte einen Kreis, hinein ein Quadrat, wieder einen Kreis, noch ein Quadrat … Er zerknüllte das Papier und legte es auf die Kommode.

Danach ging er zu Bett. Im Dunkeln starrte er die Zimmerdecke an und rückte ein paarmal sein Kissen zurecht. Er wälzte sich unter der Bettdecke und dachte an all das, was er noch niederzuschreiben hatte, von wem er sich wie verabschieden würde, wie seine Beerdigung ablaufen, ja sogar, was auf seinem Grabstein stehen sollte, und ehe er einschlief, fasste er einen Entschluss.

Siebzehn Tage nach diesem Entschluss rasierte er sich den Bart ab und stellte das Bügelbrett im Wohnzimmer auf. Nach vielen Monaten wollte er sich zum ersten Mal wieder richtig schick machen.

»Mutter, komm, mach dich bereit«, rief er, während er sein Hemd bügelte.

»Wohin gehen wir, mein Sohn?«

»Wir fahren in die Ferien, Sultanin Suzan«, sagte er mit leicht belegter Stimme. Nach einem Räuspern fügte er hinzu: »Das habe ich dir doch schon so oft erklärt.«

»Kann sein, aber erklär es mir noch einmal«, sagte Suzan verzückt, von fern hörte man es donnern.

Selim betrachtete die aschgrauen Wolken, die sich über dem Haus gegenüber aufgebaut hatten. »Mütterchen, ich habe es dir doch erzählt, ich habe uns im Hilton ein Zimmer reserviert. Habe ich das gut gemacht?«

»Das hast du sehr gut gemacht.«

Selim drückte auf den Dampfknopf des Bügeleisens.

Tschhhhh!

»Mein Sohn …«

»Ja, Mutter?«

»Kommt dein Vater auch mit?«

Durch Suzans Frage fand sich Selim wieder in eine uferlose Konversation versetzt, die wahrscheinlich jede Bedeutung verloren und sich von Raum und Zeit abgekoppelt hatte.

»Natürlich kommt er mit, Mutter«, antwortete er.

In der Hoffnung, die traurige Stimmung im Wohnzimmer aufzuhellen, zündete er die Lampe an. Das schwache Licht des Kronleuchters tauchte die Möbel in Halbschatten wie Dinge in einem Museum. Das kleine Porzellanmädchen mit abgebrochener Nase, welches auf dem Buffet aus Nussbaum stand, schaute Selim zu, gemeinsam mit den anderen, denen auf den Fotografien.

Selim starrte die Decke an, wie es Kinder tun, wenn sie etwas auswendig Gelerntes vergessen haben und sagte: »Und Vater …«

Tschhhhh!

»Vater hat uns extra ermahnt, uns nicht zu verspäten.«

»Dann lass uns auch nicht zu spät kommen, mein Kleiner.«

Selim drückte mit aller Kraft auf den Hemdkragen. Vorwärts, rückwärts, vorwärts, rückwärts, vorwärts, rückwärts, vorwärts, rückwärts, vorwärts, rückwärts …

»Weißt du, ich habe doch noch dieses Ding von deinem Vater … Soll ich das tragen?«

»Ja, zieh das an.«

Suzan lief zum Schlafzimmer, so schnell sie konnte, und rief: »Vahap, wir kommen!« Sie trat ein. Ihr Schatten bewegte sich hinter der Tür mit dem Milchglaseinsatz hin und her. Sie murmelte: »Sezen, ich werde Vahap gefallen. Ich werde ihm gefallen, sehr sogar.«

Wäre jetzt Zerrin neben Selim gestanden, hätte sie die Brauen gehoben und wäre in Lachen ausgebrochen: »Mit wie vielen Toten lebt ihr hier eigentlich in diesem Haushalt?« Sie liebte es zu sticheln und ließ keine Gelegenheit dazu aus.

»Soll ich das blaue Strickjäckchen nehmen?«, fragte Suzan hinter der Tür.

»Ja, nimm das«, antwortete Selim und schaute auf die Uhr. Er zog den Anzug an und richtete sich im Spiegel des Buffets die Krawatte. Dabei versuchte er sich zu erinnern, wann er das letzte Mal mit seiner Mutter über etwas Vernünftiges gesprochen hatte. Es musste vier oder fünf Jahre her sein. Sie hatten damals in der Gegend von Ayvalık in einem kleinen Strandrestaurant Fisch gegessen. Das war zur der Zeit gewesen, als er noch mit Zerrin verheiratet war.

»Mutter, vermisst du Vater eigentlich?«, hatte Selim damals gefragt.

»Ja, ich vermisse ihn, aber eigentlich nicht ihn selbst.«

»Wie denn das?«

»Ich vermisse die Jugend deines Vaters. Ich meine den Zustand, bevor er mit deiner Tante Mist gebaut hat«, hatte Suzan gesagt, danach hatte sie geschwiegen. Lange hatten sie dann auf das Meer geblickt, das alles Leben verschluckt.

Selim konnte sich nicht erinnern, worüber sie anschließend gesprochen hatten. Worüber hatten sie eigentlich gestern gesprochen? Worüber gerade eben? War Suzan schöner oder Sezen? Waren nicht beide gleich schön? Hatte er seine Tante nie »Mutter«

genannt, seine Mutter »Tante«? Wahrscheinlich beides, mehrfach. Welche von beiden hatte die andere allein zurückgelassen? Waren sie einsam? Waren sie nicht zwei Personen unter einem Dach, womöglich noch mehr? Er redete Unsinn, Einsamkeit hatte nichts mit Zahlen zu tun. Möglicherweise war er nicht allein, aber einsam war er trotzdem, das wusste er. Und was am allerwichtigsten war: Hatte seine Mutter tatsächlich ein blaues Strickjäckchen? Strickjäckchen, was für ein seltsames Wort, um in einem Leben, das vergessen geht, in Erinnerung zu bleiben.

»Mein Sohn, ich bin bereit«, sagte Suzan. In ihrem Gesicht waren Spuren eines Glücks zu sehen, das befremdete. Ihr Lippenstift war bis zu den Wangen verschmiert, zu ihrer feinen Perlenkette hatte sie sich zusätzlich eine Gebetskette mit gelben Kugeln umgehängt. Sie zupfte an dem blauen Strickjäckchen herum, das sie über den Pyjama gezogen hatte, sie strich sich mit den Händen über ihre Schultern, als ob sie Staub entfernen müsste, sie fragte: »Was meinst du, wird das Vater gefallen?«

»Er wird es lieben«, antwortete Selim.

»Wirklich?«

»Ja, wirklich.«

»Ich bin schön, nicht wahr?«

»Ja, Mutter, du bist schön. Du bist die schönste Frau, die ich je gesehen habe.«

Tüüüüt!

Als er das Hupen auf der Straße hörte, schaute Selim hinter der Tüllgardine nach unten.

Das Taxi war da.

»Komm, Sultanin Suzan, lass uns hinuntergehen.«

Sie blieben vor dem Garderobenständer stehen. Suzan streckte ihre dünnen Ärmchen gerade nach hinten, sie machte den Eindruck, als würde sie jederzeit fallen.

»Ich helfe dir in den Mantel«, sagte Selim sanft, als ob er mit Vahap spräche, seinem Sohn. Dann beugte er sich hinunter und half seiner Mutter, die Schuhe anzuziehen. Vor dem Hinausgehen nahm er den Gehstock hinter der Tür hervor und löschte das Licht im Wohnzimmer. Als Letztes sah er die umgeschlagene Ecke des Wohnzimmerteppichs, dann zog er die Tür zu. So war es also, wenn etwas zu Ende ging.

Blink, blink, blink, blink. Das Warnblinklicht des Taxis leuchtete auf der Straße unten. Klack, klack, klack machten die Räder des kleinen Koffers auf den Betonplatten, als er über den Gartenweg vor dem Haus rollte. 350 Kilometer über ihnen saugte ein Astronaut mit einem »Schpppp« den in der Luft schwebenden bitteren Kaffee ein. Sergei hatte wieder mal vergessen, Zucker hineinzutun. Klack, klack, klack machten die Betonplatten. Unter ihren Rändern quoll der Regen von gestern hervor. Bei Regen fluchten alle auf die Hausverwaltung. Die Löwen rannten in der Savanne, die Antilopen sprangen über Bäche und Flüsse, tauchten ins Wasser und tauchten wieder auf. Die Zeit floss voran, bemühte sich, zu fließen. Tick … tick … tick … tickte der Stock von Suzan. Langsam hinkend bewegten sie sich vorwärts.

Was hatte doch Suzan, die über diesen Pflastersteinweg lief, nicht alles gesehen, was nicht alles Selim gehört! Es war wie bei jedem Ende. Was hatten sie nicht alles von Anfang an erlebt, was hatten sie nicht alles durchgemacht, mitsamt allen Krankheiten, stinkend und faulend, aber gemeinsam.

Sie hatten ihre Ehemänner oder Väter beerdigt, ihre Enkel oder Kinder vermisst. Sie hatten Herzschmerzen gelitten, tief innen stechende Schmerzen verspürt. Sie hatten Gläser, Bilderrahmen, Teller und Schüsseln auf den Boden geschmettert. In ihrer Fantasie hatten sie mit Polizisten gesprochen, die spätnachts an ihre Tür gekommen waren. Nein, es ist nichts passiert. Gar nichts. Die Nachbarn müssen sich verhört haben. Es ist eine Familienangelegenheit ... Wir haben uns ein wenig gezankt ... Wenn da nichts ist, dann ist nichts da, okay? Das kann nicht sein. Es war gar nichts, Herr Polizist, es wird nicht mehr vorkommen.

Es kam kein weiteres Mal vor.

Sie stiegen ins Taxi.

Als sie zwischen den nassen, wie mit Flüssigkeit übergossenen Gebäuden hindurchfuhren, sagte Suzan: »Mein lieber Chauffeur, wir sollten nicht zu spät kommen.«

Als wenn der Taxichauffeur auf die Gelegenheit zu sprechen gewartet hätte, begann er ohne Unterlass zu erzählen, dass er Abkürzungen genommen hatte, dass alle anderen Straßen verstopft waren, dass die Kunden vom Vortag trotzig darauf beharrt hatten, ebendiese Straßen zu nehmen, und wie sie dann stundenlang im Verkehr festgesteckt seien. Während im Radio Arif Şentürk lief, erzählte der Taxifahrer, sie seien ursprünglich als Flüchtlinge aus Mazedonien gekommen, seine Mutter mache den weltbesten Börek, er führe das Taxi abwechselnd mit seinem Bruder und dass der Taxibesitzer ein sehr netter Mann sei. Suzan hörte ihm aufmerksam zu. Selim wurde in diesem Taxi bewusst, dass er sein ganzes Leben lang seiner Mutter nie so lange etwas erzählt hatte, wie es jetzt gerade der Taxifahrer tat. Er wendete seine Augen den rasch vorbeiziehenden verschlammten Vierteln zu. Drei Kinder in Gummistiefeln plantschten in Pfützen, alle waren gleich groß, hatten gleich große Köpfe, Hutnummer drei. Sein Blick traf sich mit dem eines Kindes, das ungefähr im gleichen

Alter war wie sein Sohn. Das Kind lachte, machte ein freches »Ich-hab-deine-Nase«-Zeichen mit der Hand und begann zu winken. Es winkte dem Taxi nach, bis sie am Ende der Straße abbogen.

Zwanzig Minuten später stiegen Suzan und Selim in einer einsamen, versteckten Straße aus. Über ihnen donnerte es. Schlamm spritzte auf ihre Schuhe. Sie liefen einen anderen Betonplattenweg entlang, sie traten durch eine andere Türe.

Suzan setzte sich an einen kleinen gläsernen Beistelltisch in der Lobby, auf dem haufenweise Zeitungen lagen. Sie lehnte ihren Stock an den Sessel neben sich und legte ihre an versteinerte Spinnen erinnernden Hände in den Schoß.

»Warte hier, Mutter, ich bin gleich zurück«, sagte Selim und begab sich an die Rezeption.

»Willkommen, Selim«, sagte der dicke Mann an der Theke.

»Danke, Ahmet«, antwortete Selim, »ist alles bereit?«

»Ja, selbstverständlich. Wir haben für sie ein sehr schönes Zimmer reserviert«, sagte Ahmet und überflog das Dossier, das vor ihm lag. »Auch der Bericht des Ausschusses wurde uns letzte Woche übermittelt. Es fehlen nur noch ein paar Details.«

»Perfekt. Was fehlt noch?«

»Einzig ein paar Unterschriften, alles andere ist erledigt.«

»In Ordnung, dann lassen Sie uns das Nötige unterschreiben. Bezüglich der Kostenübernahme haben wir ja das letzte Mal schon gesprochen«, sagte Selim etwas zögerlich. »Sie sind ja über meine Situation bereits informiert.«

»Machen Sie sich keine Sorgen«, erwiderte Ahmet. »Wie wir das bereits besprochen haben, wird Herr Ferruh von einer Kranken in solch einem besonderen Zustand wie ihre Mutter ganz sicher kein Geld verlangen.« Er drehte das auf der Rezeptionstheke liegende Dossier zu Selim und zeigte darauf: »In der Vereinbarung steht es übrigens auch so. Schauen Sie hier, Artikel 7: Simultan kommentierte Bewegungs-Therapie, abgekürzt S.K.E.T. Unsere speziell geschulten Therapeuten werden über das Mikrofon jede Aktivität der Kranken simultan kommentieren und so über das Gehör dazu verhelfen, dass die durchgeführten Tätigkeiten gefestigt und darum weniger vergessen werden. Weil diese Methode noch in der Versuchsphase ist …«

»Ich verstehe, Ahmet, lassen Sie uns erledigen, was nötig ist.«

Sie erledigten es.

Nachdem er unterschrieben hatte, setzte Selim sich zu seiner Mutter und nahm eine Zeitung vom Tisch: Umweltschützer hatten sich an die Tür einer Kettenfabrik gekettet, ein Journalist war festgenommen worden, weil er vorhatte, seine Memoiren niederzuschreiben, ein Mann hatte sich an Silvester aufgehängt, weil sein Sohn gestorben war, ein Auto hatte einen am Straßenrand wartenden Transvestiten umgefahren, eine Frau war bei einem Vorstellungsgespräch auf ihren Vergewaltiger getroffen, und Nicole würde auch nächstes Jahr ihre Ferien in Bodrum verbringen. Selim fragte sich, wo er wohl ein Jahr später wäre, wenn Nicole sich in Bodrum schon wieder in ihrem gelben Bikini sonnte. Wäre er irgendwo?

»Mein Sohn, kommt Vater?«, fragte Suzan.

»Er ist auf dem Weg, Mutter.«

»Möge er um Himmels willen wohlbehalten und gesund ankommen.«

»Wird schon gut gehen, mach dir keine Sorgen.«

Suzan vergaß, worüber sie sich hätte Sorgen machen müssen, und sagte: »Wie schön doch diese orangefarbigen Fische sind!« Sie betrachtete das große Aquarium, das als Raumteiler zwischen den Sesseln und der Rezeption stand. »Ja«, meinte Selim, »ich geh dann mal eine …« Er wurde von Suzan unterbrochen, die mit der Fingerspitze auf dem Beistelltischchen herumfuhr: »Alles ist so perfekt hier, alles glänzt und passt zusammen.« Ob sie es zu Selim sagte, oder ob sie mit jemand anderem sprach, war nicht ganz klar.

»Ja Mutter, alles ist sehr sauber«, antwortete Selim und stand auf. »Ich gehe mal und kaufe mir Zigaretten. Soll ich dir etwas mitbringen?«

»Eine Limonade bitte.«

»In Ordnung«, sagte er und gab Ahmet an der Rezeption ein »Ich-geh-dann-mal«-Zeichen. Ahmet antwortete dies mit einem »Wir-übernehmen-den-Rest«-Nicken.

»Mein Sohn.«

»Mutter?«

»Ohne Kohlensäure«

»Wie bitte?«

»Kauf bitte Limonade ohne Kohlensäure.«

»Mach ich«, sagte Selim und umarmte Suzan ein letztes Mal, »Limo ohne Kohlensäure«. Ein Kloß bildete sich in seinem Hals, seine Nase fing zu laufen an. Als die Lichter zu brechen begannen und die Möbel hinter Tränen verschwanden, drehte er den Kopf auf die andere Seite und suchte mit seinen Augen irgendetwas, worauf er sie fixieren konnte (Nicoles Brüste, den Aschenbecher, die Wanduhr, die wie eine Aspirintablette aussah, das Aquarium, die Guppys, die japanischen Fische, die Luftbläschen, die leere Kaffeetasse, den Couchtisch, noch einen Couchtisch, einen Stuhl, einen

Sessel, die schwarze Fliege, die mit dem Kopf immer wieder am gleichen Ort anstieß, die Striemen auf der Fensterscheibe, netieh-knarK ehcsirtaihcysP rüf murtnezesongaiD avilbO, die Heizkörper, die Palme aus Plastik, das Telefon, die Palme aus Plastik, die Palme aus Plastik.) Er blieb mit seinen Augen an der Palme aus Plastik hängen, die beim Fenster stand, und musterte sie, als hätte er im Leben noch keinen Baum gesehen. Er überlegte sich, ob sich Nicole wohl nächstes Jahr unter einer solchen Plastikpalme sonnen würde. Er umarmte seine Mutter noch einmal.

Als er nach draußen kam, war es bereits dämmrig, ein feiner Regen nieselte und mühte sich vergebens, die dramatische Atmosphäre zu unterstreichen. Was für ein Scheißkerl bin ich doch, ging es ihm durch den Kopf. Die beiden Tränen, die schon in der Lobby in seinen Augenwinkeln gewartet hatten, rannen über seine Wangen. Gerne hätte er noch ein bisschen mehr geweint, aber es gelang ihm nicht. Er wollte schluchzen, doch was herauskam, klang überhaupt nicht danach.

Er lief los in die Richtung, aus der sie zuvor mit dem Taxi gekommen waren. Stundenlang wanderte er durch unbekannte Straßen, bis er vergessen hatte, warum überhaupt er unterwegs war, vorbei an Menschen, die von der Arbeit nach Hause kamen, an dunklen Wohnzimmern, die durch laufende Fernseher erleuchtet wurden, an nassen Katzen vorbei, die Müllsäcke aufrissen, vorbei an Wettbüros mit heruntergelassenen Rollläden. Endlich ging er in eine Kneipe, die »Mimosa« hieß.

Gegen Mitternacht fand er sich vor der Türe eines Mietshauses wieder, in der Hand einen riesigen Pflasterstein, mit dem er das untere Glas der Haustür zerstörte, die Nase des Mannes, der sich im sechsten Stock darüber beklagte, und das Vorhängeschloss der Dachbodentür.

Vom Hausdach aus rief er: »Ich scheiß auf dieses Leben!«

Wieder gingen Lichter an, wurden Fenster geöffnet. Einige Leute, Passanten, blieben vor dem Haus stehen. Einer nahm sein Handy heraus und drückte die Aufnahmetaste.

Selim bemerkte, wie etwas in seiner Tasche sich hervorwölbte, es war eine leere Limonadenflasche. Er lachte und verlor dabei einen Moment lang das Gleichgewicht. Aus der Menge unten ertönte ein »Ah!« Er fasste sich und schleuderte die Flasche hinunter.

»Hör auf zu filmen, du respektloser Idiot!«

»Um Gottes Willen, spring nicht!«, rief jemand genau hinter ihm. Es war der Typ, dem er kurz vorher die Nase eingeschlagen hatte. Bemüht, auf den nassen Dachziegeln das Gleichgewicht nicht zu verlieren, begann sich der Kerl ihm zu nähern.

Selim zerknüllte den Zettel in seiner Tasche zu einem Ball und warf ihn in Richtung des Manns: »Gib das meiner Mutter!«

Mit seinen blutigen Händen öffnete der Mann den Zettel.

»Mein liebes Mütterchen. Ich kann mich nicht entscheiden, ob ich Dir dafür böse sein oder Dir dafür danken soll, dass Du mir erlaubt hast, mein Leben zu verschwenden. Lebe wohl!«

Eine Visitenkarte legte Selim noch auf das Dach: »Schau, hier wohnt meine Mutter.«

Dann ließ er sich ins Leere fallen.

Als er auf dem Gehsteig aufschlug, schaute er sich ratlos um. Seine Augen taten ihm weh. Er versuchte vergeblich, dem, was um ihn herum vorging, Bedeutung zu verleihen. Sein Kopf war im Begriff zu explodieren, sein Atem roch nach Rakı. Er rieb sich die Augen: Er war in seinem Zimmer. Der Zettel, den er vor dem Schlafengehen zerknüllt auf die Bettkommode gelegt hatte, wartete neben seinem Kopf wie eine böse Erinnerung. Er versuchte zu verstehen, ob das, was er soeben erlebt hatte, ein Albtraum gewesen war oder ein Traum. Er sagte sich, es könne kein Albtraum gewesen sein, weil das Gefühl, das er erlebte, als er sich vom Dach des Wohnblocks stürzte, ihn in eine derartige Ruhe versetzt hatte. Dennoch war er nicht enttäuscht, aus solch einem angenehmen Traum geweckt worden zu sein, denn immerhin hatte er seine Mutter nicht als Versuchskaninchen eines wahnwitzigen Psychiatrieversuchs zurückgelassen. Wenn dieser Traum ein Albtraum war, dann nur, weil er ihm ein schlechtes Gewissen eingeflößt hatte.

Egal, dachte er, ob Traum oder Albtraum, dies war vorbei. Er verzog das Gesicht, als er sich mit den Zähnen den ekelhaften Belag auf seiner Zunge abschürfte. Er richtete sich im Bett auf, ging in die Küche und trank zwei Gläser Wasser.

Als er in sein Zimmer zurückkehrte, bemerkte er, dass das Licht im Wohnzimmer noch an war. Seine Mutter saß in einer seltsamen Körperhaltung auf dem Sofa.

»Mutter, was ist mit dir, wieso schläfst du nicht?«, fragte er. Keine Antwort. Etwas beunruhigt fragte er nochmals: »Mutter?« Aber außer den knarrenden Geräuschen der Möbel hörte er nichts.

Langsam ging er zu seiner Mutter hinüber und sah nach, ob sie noch atmete: Sie war gestorben. Selim lächelte, als wäre er nun von allen seinen Gewissensbissen frei.

Und in dieser trüben Morgenstunde, von Glück erfüllt, erhängte Selim sich mit einem Strick, der Schwarz-Weiß-Fotografie auf dem Nussbaumbuffet gegenüber.

Und so kam auch das Knarren der Möbel an sein Ende.